El mar de la tranquilidad

Primera edición: octubre de 2022
Título original: *Sea of Tranquility*

Diseño de cubierta: Taller de los Libros
Imagen de cubierta: @dgim-studio - Freepik

Corrección: Alexandre López

Publicado por Ático de los Libros
C/ Aragó, 287, 2.º 1.ª
08009, Barcelona
info@aticodeloslibros.com
www.aticodeloslibros.com

ISBN: 978-84-18217-91-3
THEMA: FLQ
Depósito Legal: B 16444-2022
Preimpresión: Taller de los Libros
Impresión y encuadernación: Liberdúplex
Impreso en España – *Printed in Spain*

EL MAR
DE LA
TRANQUILIDAD

EMILY ST. JOHN MANDEL

Traducción de
Aitana Vega

Ático de
Los Libros

Barcelona - Madrid

Para Cassia y Kevin

Índice

1

REMESA/

1912

1

Edwin St. John St. Andrew, de dieciocho años, atraviesa el Atlántico en un barco de vapor, con el peso a la espalda de su apellido doblemente santo, y entrecierra los ojos contra el viento en la cubierta superior. Se aferra a la barandilla con las manos enguantadas, impaciente por vislumbrar lo desconocido mientras trata de discernir algo, cualquier cosa, más allá del mar y del cielo, pero lo único que ve son matices de un gris infinito. Va de camino a un mundo diferente. Está más o menos en el punto intermedio entre Inglaterra y Canadá. «Me han enviado al exilio», se dice, sabiendo que está siendo melodramático, pero no por eso deja de ser cierto.

Entre los ancestros de Edwin se halla Guillermo el Conquistador. Cuando su abuelo muera, su padre se convertirá en conde, y Edwin ha ido a dos de las mejores escuelas del país. Sin embargo, nunca hubo un futuro para él en Inglaterra. Hay muy pocas profesiones que pueda ejercer un caballero y ninguna de ellas le interesa. El patrimonio familiar irá destinado a su hermano mayor, Gilbert, por lo que no va a heredar nada. El hermano mediano, Niall, ya se ha marchado a Australia. Tal vez Edwin se hubiera aferrado a Inglaterra un poco más, pero mantiene en secreto una serie de opiniones radicales que salieron a la luz inesperadamente durante la cena, lo que aceleró su destino.

En un momento de optimismo salvaje, Edwin hace constar su ocupación como «agricultor» en el manifiesto del barco. Más tarde, en un momento de reflexión en la cubierta, se da cuenta de que nunca ha tocado una pala.

2

En Halifax encuentra alojamiento en el puerto, en una pensión en la que consigue una habitación en la esquina del segundo piso, con vistas al embarcadero. Esa primera mañana, al despertar, se encuentra con una escena llena de vida al otro lado de la ventana. Ha llegado un gran barco mercante y se encuentra lo bastante cerca como para oír las joviales maldiciones de los hombres que descargan barriles, sacos y cajas. Se pasa la mayor parte de ese primer día mirando por la ventana, como un gato. Planeaba marcharse al oeste de inmediato, pero resulta muy fácil quedarse en Halifax, donde es presa de una debilidad personal de la que ha sido consciente toda su vida; Edwin es capaz de actuar, pero es propenso al reposo. Le gusta sentarse junto a la ventana. Hay un movimiento constante de barcos y personas. No quiere irse, así que se queda.

—Supongo que trato de descifrar mi próximo movimiento —le dice a la propietaria, cuando ella le pregunta con amabilidad. Se hace llamar señora Donnelly y es de Terranova. Su acento lo confunde. Suena como si fuera de Bristol y de Irlanda al mismo tiempo, pero a veces también distingue un deje escocés. Las habitaciones están limpias y es una excelente cocinera.

Los marineros pasan junto a su ventana en oleadas desordenadas. Rara vez levantan la vista. A él le gusta observarlos, pero no se atreve a hacer ningún movimiento en su dirección. Además, se tienen los unos a los otros. Cuando se emborrachan, se rodean los hombros con los brazos y Edwin siente una punzada de envidia.

(¿Podría hacerse a la mar? Por supuesto que no. Descarta la idea en cuanto se le ocurre. Una vez oyó hablar de un remesero que se reinventó como marinero, pero Edwin es un hombre de ocio hasta la médula).

Le encanta ver llegar los barcos; los buques de vapor que entran en el puerto con un aura europea todavía pegada en la cubierta.

Da paseos por las mañanas y de nuevo por las tardes. Baja al puerto, sale a las zonas residenciales tranquilas, entra y sale de las pequeñas tiendas bajo toldos a rayas de la calle Barrington. Le gusta subirse en el tranvía eléctrico e ir hasta el final de la línea, para luego volver mientras observa cómo las pequeñas casas dan paso a las más grandes y a los edificios comerciales del centro. Le gusta comprar cosas que no necesita, una barra de pan, una o dos postales, un ramo de flores. Se encuentra pensando que esa podría ser su vida. Así de simple. Sin familia, sin trabajo, solo unos placeres sencillos y unas sábanas limpias en las que tumbarse al final del día, mientras recibe una paga regular desde casa. Una vida de soledad puede ser algo muy agradable.

Empieza a comprar flores cada pocos días y las coloca en la cómoda en un jarrón barato. Pasa mucho tiempo contemplándolas. Le gustaría ser un artista para dibujarlas y así verlas con más claridad.

¿Podría aprender a dibujar? Tiene tiempo y dinero. Es una idea tan buena como cualquiera. Consulta a la señora Donnelly, que a su vez acude a una amiga, y poco después Edwin se encuentra en el salón de una mujer que se ha formado como pintora.

Pasa horas tranquilas dibujando flores y jarrones, aprendiendo los fundamentos del sombreado y la proporción. La mujer se llama Laetitia Russell. Lleva una alianza, aunque el paradero de su marido no está claro. Vive en una ordenada casa de madera con tres hijos y una hermana viuda; una carabina discreta que teje interminables bufandas en un rincón de la habitación, de modo que, durante el resto de su vida, Edwin asociará el dibujo con el chasquido de las agujas de tejer.

Lleva seis meses viviendo en la pensión cuando llega Reginald. Se da cuenta enseguida de que Reginald no es propenso al reposo. Tiene planes para marcharse al oeste de inmediato. Es dos años mayor que Edwin, un antiguo compañero de Eton y el tercer hijo de un vizconde. Tiene los ojos bonitos, de un azul grisáceo intenso. Al igual que Edwin, sus planes consisten en establecerse como hacendado, pero, a diferencia de Edwin, ha tomado medidas para lograrlo y ha mantenido correspondencia con un hombre que desea vender una granja en Saskatchewan.

—Seis meses —repite Reginald en el desayuno, sin terminar de creerlo. Deja de untar mermelada en su tostada por un momento, inseguro de haber oído bien—. ¿Seis meses? Has pasado seis meses aquí.

—Sí —dice Edwin con un hilo de voz—. Seis meses muy agradables, quisiera añadir. —Intenta captar la atención de la señora Donnelly, pero está concentrada en servir el té. Es consciente de que la mujer cree que está un poco tocado de la cabeza.

—Interesante. —Reginald unta la tostada con mermelada—. Supongo que no albergas la esperanza de que te pidan que vuelvas a casa, ¿verdad? ¿Sin querer alejarte del borde del Atlántico, para permanecer lo más cerca posible del país y del rey?

Esto le escuece un poco, así que, cuando Reginald se marcha al oeste la semana siguiente, Edwin acepta una invitación para acompañarlo. Mientras el tren abandona la ciudad, decide que también hay placer en la acción. Han reservado un billete de primera clase en un tren encantador que cuenta con una oficina de correos y una barbería a bordo, donde Edwin escribe una postal a Gilbert y disfruta de un afeitado caliente y un corte de pelo al tiempo que ve pasar por las ventanillas los bosques, los lagos y las pequeñas ciudades. Cuando el tren se detiene en Ottawa, Edwin no desembarca, sino que se queda a bordo y dibuja las líneas de la estación.

Los bosques, los lagos y las pequeñas ciudades se convierten en llanuras. Al principio, las praderas son interesantes, pero con el tiempo se vuelven tediosas y después, inquietantes. Hay demasiadas, ese es el problema. La escala está mal. El tren se arrastra como un milpiés a través de una explanada de hierba interminable. La vista alcanza de horizonte a horizonte. Se siente terriblemente expuesto.

—Esto sí que es vida —dice Reginald cuando por fin llegan a su destino y se encuentran ante la puerta de su nueva granja. Está a unos pocos kilómetros de Prince Albert. Es un mar de barro. Reginald se la compró, sin verla, a un desconsolado inglés de veintitantos años que fracasó estrepitosamente en su empeño de vivir allí y que en este momento se dirige al este para aceptar un trabajo de oficina en Ottawa. Otro inmigrante, sospecha Edwin. Se da cuenta de que Reginald se esfuerza mucho por no pensar en ese hombre.

¿Es posible que el fracaso pueda embrujar una casa? En cuanto Edwin cruza la puerta de la granja, se siente incómodo, así que se queda en el porche. Es un edificio bien construido. Se nota que el anterior propietario contó con una buena financiación, pero el lugar transmite una infelicidad que Edwin no es capaz de explicar del todo.

—Hay mucho cielo aquí, ¿no? —tantea Edwin. Y mucho barro. Una cantidad asombrosa de barro. Brilla bajo el sol hasta donde le alcanza la vista.

—Solo espacios abiertos y aire fresco —dice Reginald mientras mira el espantoso horizonte vacío. Edwin distingue otra granja a lo lejos, brumosa por la distancia. El cielo es demasiado azul. Esa noche cenan huevos con mantequilla, lo único que Reginald sabe cocinar, y cerdo en salazón. Reginald parece apagado.

—Sospecho que el de agricultor es un trabajo bastante duro —dice, después de un rato—. Físicamente agotador.

—Supongo que sí. —Cuando Edwin se imaginaba a sí mismo en el nuevo mundo, siempre se veía en su propia granja, un paisaje verde de algún cultivo indeterminado, bien cuidado pero también vasto. Sin embargo, en realidad nunca le dio muchas vueltas a lo que de verdad implicaría el trabajo en sí. Cuidar de los caballos, supone. Hacer un poco de jardinería. Arar los campos. Pero ¿qué más? ¿Qué haces con los campos, una vez que los has arado? ¿Para qué aras?

Se siente al borde del abismo.

—Reginald, mi viejo amigo —dice—, ¿qué tiene que hacer uno para conseguir una bebida en estos lares?

—Se cosecha —dice Edwin, con el tercer vaso—. Esa es la palabra. Aras los campos, siembras cosas en ellos y luego cosechas. —Da un sorbo a su bebida.

—¿Qué cosechas? —Reginald tiene una personalidad agradable cuando está borracho, como si nada pudiera ofenderlo. Se ha recostado en la silla y sonríe al aire vacío.

—Bueno, de eso se trata, ¿no? —dice Edwin y se sirve otro vaso.

3

Después de un mes de beber, Edwin deja a Reginald en su nueva granja y continúa hacia el oeste para reunirse con Thomas, el amigo del colegio de su hermano Niall, que entró en el continente por la ciudad de Nueva York y se marchó al oeste de inmediato. El tren que atraviesa las Montañas Rocosas deja a Edwin sin aliento. Apoya la frente en la ventanilla, como un niño, y observa boquiabierto. La belleza es abrumadora. Tal vez se le fue un poco la mano con la bebida, allá en Saskatchewan. Decide que será un hombre mejor en la Columbia Británica. La luz del sol le hace daño en los ojos.

Después de todo ese esplendor salvaje, encontrarse en Victoria supone una extraña sacudida, con sus calles domesticadas y bonitas. Hay ingleses por todas partes y, en cuanto sale del tren, los acentos de su tierra natal lo rodean. Piensa que podría quedarse allí un tiempo.

Encuentra a Thomas en un pequeño y encantador hotel del centro de la ciudad, donde tiene alquilada la mejor habitación, y piden té con pastas en el restaurante de abajo. Hace tres o cuatro años que no se ven, pero Thomas ha cambiado muy poco. Tiene la misma tez rojiza que ha tenido desde la infancia, esa imagen perpetua de que acaba de salir del campo de *rugby*. Intenta formar parte de la comunidad empresarial de Victoria, pero no sabe muy bien a qué tipo de negocio quiere dedicarse.

—¿Y cómo está tu hermano? —pregunta para cambiar de tema. Se refiere a Niall.

—Buscándose la vida en Australia —dice Edwin—. Parece bastante feliz, a juzgar por sus cartas.

—Es más de lo que la mayoría puede decir —repone Thomas—. No es poca cosa, la felicidad. ¿A qué se dedica allí abajo?

—A gastar el dinero de las remesas, me imagino —dice Edwin, lo cual no es muy caballeroso, pero probablemente sea verdad.

Se sientan a una mesa junto a la ventana y su mirada se desvía hacia la calle, a las fachadas de las tiendas y, visible en la distancia, al desierto insondable, rodeado por oscuros árboles. La idea de que la naturaleza pertenece a Gran Bretaña resulta ridícula, pero enseguida reprime el pensamiento, porque le recuerda a su última cena en Inglaterra.

4

La última cena comenzó con normalidad, pero los problemas empezaron cuando la conversación derivó, como siempre, hacia el inimaginable esplendor del Raj. Los padres de Edwin habían nacido en la India. Eran hijos del Raj, niños ingleses criados por niñeras indias. «Si vuelvo a oír una palabra más sobre su dichosa *ayah*...», murmuró una vez Gilbert, el hermano de Edwin, sin llegar a terminar el pensamiento. Habían crecido oyendo historias de una Gran Bretaña invisible que, como Edwin sospechaba, había resultado ligeramente decepcionante cuando la vieron por primera vez a los veinte años. «Llueve más de lo que esperaba», era lo único que el padre de Edwin decía al respecto.

Había otra familia en esa última cena, los Barrett, de un perfil similar. John Barrett había sido comandante de la Marina Real, y Clara, su esposa, también había pasado sus primeros años en la India. Su hijo mayor, Andrew, los acompañaba. Los Barrett sabían que la India británica era un desvío inevitable en la conversación en cualquier velada que pasasen con la madre de Edwin y, como viejos amigos, comprendían que, una vez que Abigail se sacara el Raj de encima, la charla podría continuar.

—A menudo me encuentro pensando en la belleza de la India británica —dijo su madre—. Los colores eran extraordinarios.

—Aunque el calor era muy agobiante —dijo el padre de Edwin—. Eso no lo he echado de menos al mudarnos.

—A mí nunca me pareció para tanto. —Su madre tenía la mirada perdida que él y sus hermanos llamaban «su expresión de la India británica». Los ojos se le nublaban de una manera que indicaba que ya no estaba presente; estaba montando en un elefante, paseando por un jardín de verdes flores tropicales o esperando a que su dichosa *ayah* le sirviera bocadillos de pepino. A saber.

—Tampoco a los nativos —dijo Gilbert a media voz—, pero supongo que el clima no es para todo el mundo.

¿Qué inspiró a Edwin a hablar en ese momento? Años después, seguía reflexionando sobre el asunto, en la guerra, en el horror mortal y el aburrimiento de las trincheras. A veces no eres consciente de que estás a punto de lanzar una granada hasta que ya has tirado de la anilla.

—Las pruebas indican que se sienten más oprimidos por los británicos que por el calor —dijo Edwin. Miró a su padre, pero este parecía haberse quedado helado, con el vaso a medio camino entre la mesa y los labios.

—Cariño —dijo su madre—, ¿qué quieres decir?

—No nos quieren allí —dijo Edwin. Miró alrededor de la mesa, a todos los rostros silenciosos—. Me temo que no caben muchas dudas al respecto. —Escuchó su propia voz como si se encontrase a cierta distancia, con asombro. Gilbert se quedó con la boca abierta.

—Jovencito, a esa gente le hemos llevado la civilización —dijo su padre.

—Y, sin embargo, es imposible obviar que, en conjunto, parecen preferir la suya. Su propia civilización, quiero decir. Se las arreglaron bien durante mucho tiempo sin nosotros, ¿no es así? Varios miles de años, en concreto. —Era como estar atado al techo de un tren desbocado. En realidad, sabía muy poco sobre la India, pero recordaba haberse escandalizado de niño con los relatos de la rebelión de 1857—. ¿Acaso nos quiere alguien en algún sitio? —se oyó preguntar—. ¿Por qué suponemos que estos lugares lejanos nos pertenecen?

—Porque los hemos ganado, Eddie —dijo Gilbert, tras un breve silencio—. Es de suponer que no todos los nativos de Inglaterra se sintieron encantados con la llegada de nuestro vigésimo segundo bisabuelo, pero la historia pertenece a los vencedores.

—Guillermo el Conquistador vivió hace mil años, Bert. Quizá deberíamos esforzarnos por ser algo más civilizados que el nieto maníaco de un invasor vikingo.

Edwin se calló entonces. Todos los comensales lo miraban fijamente.

—El nieto maníaco de un invasor vikingo —repitió Gilbert en voz baja.

—Aunque supongo que es de agradecer que seamos una nación cristiana —dijo Edwin—. Imaginad el baño de sangre que serían las colonias si no lo fuéramos.

—¿Eres ateo, Edwin? —preguntó Andrew Barrett, con verdadero interés.

—No sé muy bien lo que soy —dijo Edwin.

El silencio que siguió fue posiblemente el más insoportable de la vida de Edwin, pero entonces su padre empezó a hablar, en voz muy baja. Cuando su padre se enfurecía, usaba el truco de empezar los discursos con una frase a medias, para captar la atención de todos.

—Todas las ventajas que has tenido en esta vida —dijo. Los demás lo miraron. Comenzó de nuevo, a su manera habitual, pero un poco más alto y con una calma mortal—: Todas las ventajas que has tenido en esta vida, Edwin, han derivado de una manera u otra del hecho de que desciendas, como has dicho de manera tan elocuente, del «nieto maníaco de un invasor vikingo».

—Por supuesto —dijo Edwin—. Podría ser mucho peor. —Levantó su copa—. Por Guillermo el Bastardo.

Gilbert rio con nerviosismo. Nadie más hizo ni un ruido.

—Os pido perdón —dijo el padre de Edwin a sus invitados—. Sería fácil confundir a mi hijo menor con un adulto, pero parece que todavía es un niño. A tu habitación, Edwin. Ya hemos oído bastante por esta noche.

Edwin se levantó de la mesa con mucha formalidad y dijo:

—Buenas noches a todos.

Se dirigió a la cocina para pedir que le subieran un sándwich a la habitación, pues todavía no se había servido el segundo plato, y se retiró a esperar su sentencia. Llegó antes de la medianoche, con un golpe en la puerta.

—Adelante —dijo. Se había quedado de pie junto a la ventana, observando con inquietud los movimientos de un árbol por el viento.

Gilbert entró, cerró la puerta tras de sí y se dejó caer en el antiguo sillón manchado que era una de las posesiones más preciadas de Edwin.

—Menuda actuación, Eddie.

—No sé en qué estaba pensando —dijo—. No, en realidad eso no es cierto. Sí que lo sé. Estoy completamente seguro de que no tenía ni un solo pensamiento en la cabeza. Era como una especie de vacío.

—¿Te encuentras mal?

—En absoluto. Nunca he estado mejor.

—Debe de haber sido bastante emocionante —dijo Gilbert.

—Lo cierto es que lo ha sido. No diré que me arrepiento.

Gilbert sonrió.

—Te vas a Canadá —dijo con tacto—. Padre lo está organizando.

—Ya iba a irme a Canadá —dijo Edwin—. Está planeado para el año que viene.

—Ahora te irás un poco antes.

—¿Cuánto antes, Bert?

—La próxima semana.

Edwin asintió y notó un poco de vértigo. Se había producido un sutil cambio en la atmósfera. Iba a adentrarse en un mundo incomprensible y la habitación ya retrocedía hacia el pasado.

—Bueno —dijo, después de un rato—, al menos seguiré sin estar en el mismo continente que Niall.

—Ya estás otra vez —dijo Gilbert—. ¿Ahora dices lo que se te pasa por la cabeza?

—Lo recomiendo.

—No todos nos podemos permitir ser tan descuidados. Algunos tenemos responsabilidades.

—Con eso te refieres a un título y un patrimonio que heredar —dijo Edwin—. Qué destino tan terrible. Lloraré por ti más tarde. ¿Recibiré la misma remesa que Niall?

—Un poco más. La de Niall es solo para apoyarlo. La tuya viene con condiciones.

—Dime.

—No debes volver a Inglaterra por un tiempo —dijo Gilbert.

—Exilio.

—Por favor, no seas melodramático. Como has dicho, ya pensabas irte a Canadá.

—¿Cuánto tiempo es «por un tiempo»? —Edwin se apartó de la ventana para mirar a su hermano a los ojos—. Había pensado que me iría a Canadá durante una temporada, me establecería de alguna manera y luego volvería a casa de visita en intervalos regulares. ¿Qué ha dicho padre, exactamente?

—Me temo que la frase que se me ha quedado en la memoria es «dile que no ponga un pie en Inglaterra».

—Pues es bastante inequívoco.

—Ya sabes cómo es. Por supuesto, madre hará lo que le diga. —Gilbert se levantó y se detuvo un momento junto a la puerta—. Dales tiempo, Eddie. Me sorprendería que el exilio fuera permanente. Intentaré convencerlos.

5

El problema de Victoria, a ojos de Edwin, es que se parece demasiado a Inglaterra sin serlo de verdad. Es una simulación lejana de Inglaterra, una acuarela superpuesta de forma poco convincente sobre el paisaje. En su segunda noche en la ciudad, Thomas lo lleva al Union Club. Es agradable al principio, como un atisbo de casa, horas agradables que se deslizan junto a otros muchachos de la patria y un *whisky* de malta verdaderamente excepcional. Algunos de los hombres mayores llevan décadas en Victoria y Thomas busca su compañía. Se mantiene cerca, les pregunta sus opiniones, los escucha con seriedad, los halaga. Da vergüenza verlo. Resulta evidente que Thomas busca asentarse como un tipo de hombre estable con el que cualquiera desearía hacer negocios. Sin embargo, también es obvio para Edwin que los hombres mayores se limitan a mostrarse educados. No les interesan los forasteros, ni siquiera los que vienen del país correcto, tienen los ancestros correctos y el acento correcto y han ido a la escuela correcta. Es una sociedad cerrada que solo admite a Thomas en la periferia. ¿Cuánto tiempo tendrá que permanecer allí, dando vueltas por el club, antes de que lo acepten? ¿Cinco años? ¿Diez? ¿Un milenio?

Edwin da la espalda a Thomas y se acerca a la ventana. Están en el tercer piso, con vistas al puerto, y las últimas luces del día se desvanecen del cielo. Se siente inquieto y malhumorado. Detrás de él, los hombres cuentan historias de triunfos deportivos y viajes en barco de vapor sin incidentes a Quebec,

Halifax y Nueva York. Un hombre que ha llegado a este último puerto dice detrás de él:

—¿Se cree que mi pobre madre tenía la impresión de que Nueva York todavía formaba parte de la Commonwealth?

El tiempo pasa. La noche cae sobre el puerto. Edwin se une a los otros hombres.

—Pero la desafortunada verdad del asunto —dice uno, en el contexto de una conversación sobre la importancia de ser aventurero— es que no tenemos ningún futuro real de vuelta en Inglaterra, ¿verdad?

Un silencio reflexivo se instala en el grupo. Estos hombres son hijos segundos, todos y cada uno de ellos. Están mal preparados para la vida laboral y no heredarán nada. Para su propia sorpresa, Edwin levanta una copa.

—Por el exilio —dice y bebe.

Hay murmullos de desaprobación

—Yo no llamaría a esto exilio —dice alguien.

—Por construir un nuevo futuro en una tierra nueva y lejana —dice Thomas, siempre diplomático.

Más tarde, Thomas se le une frente a la ventana.

—Había oído algún que otro rumor sobre cierta cena, pero creo que no había terminado de creerlo hasta ahora.

—Me temo que los Barrett son unos cotillas incorregibles.

—Creo que ya me he cansado de este lugar —dice Thomas—. Pensaba que podría labrarme un futuro aquí, pero, si vas a dejar Inglaterra, seguro que es preferible dejarla de verdad. —Se vuelve para mirar a Edwin—. He pensado en ir al norte.

—¿Cuánto al norte? —A Edwin le asalta una preocupante visión de iglús en la tundra helada.

—No muy lejos. Solo hasta la isla de Vancouver.

—¿Tienes algo en mente?

—La empresa maderera del tío de mi amigo —dice Thomas—. Pero en sentido estricto, me espera lo desconocido. ¿No es para lo que hemos venido? ¿Para dejar huella en lo desconocido?

¿Y si alguien quisiera desaparecer en lo desconocido? Es un pensamiento extraño que le viene a la cabeza en un barco que se dirige al norte una semana más tarde y remonta la costa quebrada del lado oeste de la isla de Vancouver. Un paisaje de playas y bosques nítidos, con montañas que se elevan detrás. Entonces, de repente, las rocas escarpadas se convierten en una playa de arena blanca, la más larga que Edwin haya visto jamás. Hay aldeas en la orilla, con chimeneas humeantes y esas columnas de madera con alas y caras pintadas erigidas aquí y allá. Recuerda que se llaman tótems. No los entiende y por eso los encuentra amenazantes. Al cabo de un largo rato, la arena blanca decrece y la orilla vuelve a estar formada de peñascos rocosos y ensenadas estrechas. De vez en cuando, vislumbra una canoa en la distancia. ¿Qué pasaría si alguien se disolviera en tierras desconocidas como la sal en el agua? Quiere volver a casa. Por primera vez, Edwin empieza a preocuparse por su cordura.

Estos son los pasajeros del barco: tres hombres chinos que van a trabajar en la conservera, una joven de origen noruego muy tensa que viaja para reunirse con su marido, Thomas y Edwin, el capitán y dos tripulantes canadienses, todos en compañía de barriles y sacos de provisiones. Los chinos hablan y se ríen en su propio idioma. La mujer noruega se queda en el camarote, salvo para las comidas, y nunca sonríe. El capitán y la tripulación son cordiales, pero no tienen interés en hablar con Thomas y Edwin, así que los dos pasan la mayor parte del tiempo juntos en cubierta.

—Lo que esa panda de sedentarios de Victoria no termina de entender es que toda esta tierra está aquí para que la aprovechemos —dice Thomas. Edwin lo mira y ve un atisbo del futuro. Debido al rechazo de los empresarios de Victoria, ahora Thomas pasará el resto de su vida despotricando contra ellos—. Se han acomodado en su ciudad inglesa, y de verdad que entiendo el atractivo, pero aquí tenemos una oportunidad. Aquí podemos levantar nuestro propio imperio.

Sigue hablando sin cesar de imperios y oportunidades mientras Edwin contempla el agua. Por estribor aparecen ensenadas, calas e islotes, mientras que un poco más allá se extiende la inmensidad de la isla de Vancouver, cuyos bosques ascienden hasta convertirse en montañas con cimas que se pierden entre las nubes bajas. Por babor, donde se encuentran, el océano se extiende ininterrumpidamente hasta, según Edwin imagina, la costa de Japón. Tiene la misma sensación de exposición que sintió en las praderas. Es un alivio cuando la embarcación vira por fin despacio hacia la derecha y comienza a remontar una ensenada.

Llegan al asentamiento de Caiette al atardecer. No hay mucho; un muelle, una pequeña iglesia blanca, siete u ocho casas, una carretera rudimentaria que conduce a la fábrica de conservas y al campamento maderero. Edwin se queda junto al embarcadero con su baúl de viaje al lado, perdido. El lugar es precario; es la única manera de describirlo. Apenas un ligero esbozo de civilización, atrapado entre el bosque y el mar. No es el sitio para él.

—Ese edificio más grande de allí arriba es una pensión —le dice amablemente el capitán—. Por si quiere quedarse un tiempo, hasta que se ubique.

Le preocupa que sea tan evidente lo perdido que está. Thomas y Edwin suben juntos la colina hasta la pensión y alquilan unas habitaciones en el piso superior. Por la mañana, Thomas se marcha al campamento maderero, mientras que a Edwin lo domina la misma inmovilidad que lo invadió en Halifax. No es exactamente desgana. Hace un cuidadoso inventario de sus pensamientos y decide que no es infeliz. Solo desea no moverse más, por el momento. Si hay placer en la acción, hay paz en la quietud. Pasa los días paseando por la playa, haciendo bocetos, contemplando el mar desde el porche, leyendo y jugando al ajedrez con otros huéspedes. Después de una o dos semanas, Thomas renuncia a intentar persuadirlo de que lo acompañe al campamento maderero.

La belleza del lugar. A Edwin le gusta sentarse en la playa y limitarse a contemplar las islas, los pequeños penachos de árboles que surgen del agua. Las canoas pasan a veces, ocupadas en recados desconocidos, y los hombres y mujeres de las embarcaciones a veces lo ignoran, a veces se lo quedan mirando. Los barcos más grandes llegan a intervalos regulares, cargados de hombres y suministros para la fábrica de conservas y la maderera. Algunos saben jugar al ajedrez, que es uno de los grandes placeres de Edwin. Nunca se le ha dado bien, pero le gusta el sentido del orden del juego.

—¿Qué hace aquí? —le preguntan a veces.

—Supongo que trato de descifrar mi próximo movimiento —responde siempre, o una frase similar. Tiene la sensación de estar esperando algo. Pero ¿el qué?

6

Una soleada mañana de septiembre, sale a pasear y se encuentra con dos mujeres indígenas que se ríen en la playa. ¿Hermanas? ¿Buenas amigas? Hablan en un idioma rápido que no se parece a nada que haya escuchado, una lengua salpicada de sonidos que ni se imagina cómo replicar, y mucho menos reproducir en el alfabeto romano. Tienen los cabellos largos y oscuros y, cuando una de ellas gira la cabeza, la luz se refleja en un par de enormes pendientes de concha. Las mujeres se envuelven con mantas para protegerse del viento frío.

Callan y lo observan mientras se acerca.

—Buenos días —dice y se toca el ala del sombrero.

—Buenos días —responde una de ellas. Su acento tiene una cadencia hermosa.

Sus pendientes tienen todos los colores del cielo al amanecer. Su compañera, que tiene el rostro marcado por cicatrices de viruela, se limita a mirarlo y no dice nada. No desentona con la experiencia de Edwin en Canadá hasta el momento; en todo caso, se sorprendería si, después de medio año en el Nuevo Mundo, se encontrara de repente con la capacidad de cautivar a los lugareños. Sin embargo, el desinterés rotundo de la mirada de las mujeres le es desconcertante. Se da cuenta de que es un momento en el que podría expresar su opinión sobre la colonización ante las personas que se encuentran al otro lado de la ecuación, por así decirlo, pero no se le ocurre nada que decir que no suene absurdo dadas las circunstancias. Si comenta que cree que la colonización es aborrecible, la siguiente pregunta lógica será qué hace allí entonces, así que no dice nada más. Las mujeres quedan atrás y el momento pasa.

Sigue caminando y después, a cierta distancia, cuando todavía siente sus ojos en la espalda y con el deseo de transmitir la impresión de tener algún recado importante que atender, se vuelve hacia el muro de árboles. Nunca se adentra en el bosque, porque le dan miedo los osos y los pumas, pero ahora posee un extraño atractivo. Decide que dará cien pasos, no más. Contar hasta cien podría calmarlo, pues contar siempre lo ha hecho, y si camina en línea recta todo el tiempo, es muy improbable que acabe perdido. Sabe que perderse supondría la muerte. Todo el lugar supone la muerte. No, eso es injusto, no es muerte, sino indiferencia. El lugar es totalmente neutral en cuanto a la cuestión de si vive o muere; no le importa su apellido ni dónde estudió, ni siquiera se ha fijado en él. Se siente algo trastornado.

7

«Las puertas del bosque». Las palabras le vienen de pronto a la mente, pero Edwin no está seguro de dónde las ha extraído. Suena como algo de un libro que podría haber leído de niño. Los árboles aquí son viejos y enormes. Es como entrar en una catedral, salvo que la maleza es tan espesa que tiene que abrirse paso. Se detiene al poco. Hay un arce justo delante, lo bastante grande como para crear su propio claro, y le parece un destino agradable. Decide que caminará hasta el arce, saldrá de la maleza y se detendrá un momento; luego volverá a la playa y no volverá a entrar en el bosque. Se dice que es una aventura, pero no se siente un aventurero. Más bien siente cómo las ramas de salal lo abofetean.

Se abre paso como puede hasta el arce. Hay silencio y tiene la repentina certeza de que lo observan. Se da la vuelta y, con la incongruencia de una aparición, se encuentra con un sacerdote a no más de una docena de metros. Es mayor que él, quizá de unos treinta años, y tiene el pelo negro muy corto.

—Buenos días —dice Edwin.

—Buenos días —dice el sacerdote—. Perdóneme, no quería asustarlo. Me gusta pasear por aquí de vez en cuando.

Hay algo en su acento que se le escapa; no es del todo británico, pero tampoco es nada en concreto. Se pregunta si el hombre será de Terranova, como la posadera de Halifax.

—Parece un destino tranquilo —dice.

—Bastante. No me entrometeré en su contemplación, solo iba de regreso a la iglesia. Tal vez pueda pasarse por allí más tarde.

—¿La iglesia de Caiette? Pero usted no es el cura habitual —dice Edwin.

—Soy Roberts. Sustituyo al padre Pike.

—Edwin St. Andrew. Encantado de conocerlo.

—Igualmente. Que tenga un buen día.

El sacerdote no parece tener más práctica que Edwin en atravesar la maleza. Se aleja entre los árboles y, en pocos minutos, Edwin vuelve a estar solo, mirando las ramas. Da un paso adelante y...

8

… avanza hacia un destello de oscuridad, como una ceguera
repentina o un eclipse. Tiene la impresión de estar en un vasto
interior, algo así como una estación de tren o una catedral. Se
escuchan las notas de un violín, a otras personas a su alrededor
y luego, un sonido incomprensible…

9

Cuando recupera el sentido, está en la playa, arrodillado sobre piedras duras, y vomita. Tiene un vago recuerdo de haberse abierto paso para salir del bosque en un pánico ciego, una pesadilla de sombras y borrones de verde, de ramas que le azotan la cara. Se levanta tembloroso y camina hacia la orilla. Se sumerge hasta las rodillas y el golpe de frío es maravilloso, perfecto para devolverle la cordura, pero se arrodilla para lavarse el vómito de la cara y la camisa, y entonces una ola lo derriba, de modo que cuando se levanta se ha atragantado con el agua del mar y está empapado hasta el cuello.

Está solo en la playa, pero ve movimiento entre los edificios de Caiette, a media distancia. El cura desaparece dentro de la iglesia blanca de la colina.

10

Cuando Edwin llega a la iglesia, la puerta está entreabierta y la sala está vacía. La puerta de detrás del altar también está abierta y por ella vislumbra unas cuantas lápidas en la verde tranquilidad del pequeño cementerio. Avanza hasta la última fila de bancos, cierra los ojos y apoya la cabeza en las manos. El edificio es tan nuevo que la iglesia aún conserva la fragancia de la madera recién cortada.

—¿Se ha caído al mar?

La voz es suave y el acento aún indescifrable. El nuevo sacerdote, Roberts, se encuentra al final del banco.

—Me arrodillé en el agua para lavarme el vómito de la cara.

—¿Se encuentra mal?

—No. Yo… —En ese momento parece una tontería y un poco irreal—. Me pareció ver algo en el bosque. Después de verlo a usted. Escuché algo. No sé. Parecía… sobrenatural.

Los detalles ya se le escapan. Entró en el bosque y luego ¿qué? Recuerda la oscuridad, las notas de música, un sonido que no identificó, todo en un instante. ¿Pasó de verdad?

—¿Puedo sentarme con usted?

—Por supuesto.

El sacerdote se sienta a su lado.

—¿Le ayudaría desahogarse?

—No soy católico.

—Estoy aquí para servir a todos los que entren por esas puertas.

Aun así, los detalles ya se le escapan entre los dedos. En el momento, la extrañeza que encontró en el bosque lo desestabilizó por completo, pero ahora lo que le viene a la mente es una mañana particularmente mala en el colegio. Tenía nueve, quizá diez años, y se dio cuenta de que no sabía leer las palabras que tenía delante porque las letras se retorcían en la incoherencia y algunas manchas nadaban ante sus ojos. Se levantó del pupitre para pedir ir a ver a la enfermera y se desmayó. El desmayo lo sumió en la oscuridad, pero también hubo un sonido, un gorjeo como el de un coro de pájaros, un vacío en blanco seguido de inmediato por la impresión de encontrarse en la comodidad de su cama, sin duda un deseo optimista por parte de su subconsciente. Luego se despertó en un silencio absoluto. El sonido regresó gradualmente, como si alguien girase un dial; el silencio se convirtió en clamor y ruido, las exclamaciones de otros chicos y los pasos rápidos del profesor al acercarse. «Levántese, St. Andrew, no se haga el remolón». ¿Acaso había sido aquello diferente al momento que acababa de vivir en el bosque?

Hubo sonidos y oscuridad, igual que en aquella primera ocasión. Tal vez se desmayase.

—Creí ver algo —dice despacio—. Sin embargo, mientras lo digo, me doy cuenta de que tal vez no lo viera.

—De haberlo hecho —dice Roberts con cuidado—, no habría sido el primero.

—¿Qué quiere decir?

—He oído historias —dice el sacerdote—. Es decir, se cuentan historias.

La torpe enmienda le parece a Edwin una especie de camuflaje, un intento de Roberts de cambiar sus patrones de habla para sonar más inglés. Más como Edwin. Hay algo erróneo en el hombre que no termina de descifrar.

—Si me permite la pregunta, padre, ¿de dónde es?

—De lejos —dice—. Muy lejos.

—Igual que todos, ¿no? —dice Edwin, un poco irritado—. Salvo por los nativos, por supuesto. Cuando nos encontramos en el bosque hace un momento, dijo que sustituía al padre Pike, ¿no es así?

—Su hermana ha caído enferma. Se marchó anoche.

Edwin asiente, pero hay algo en la afirmación que le suena del todo falso.

—No obstante, me resulta extraño no haber oído nada sobre que anoche partiera ningún barco.

—Tengo una confesión que hacerle —dice Roberts.

—Le escucho.

—Cuando lo vi en el bosque y le dije que iba a volver a la iglesia, después me di la vuelta por un momento, mientras me alejaba.

Edwin lo mira con atención.

—¿Qué vio?

—Lo vi caminar bajo un arce. Miraba hacia arriba, hacia las ramas del árbol, y entonces… En fin, tuve la impresión de que veía algo que yo no. ¿Había algo?

—Vi… Bueno, creí ver…

Pero Roberts lo observa con demasiada intensidad y, en la tranquilidad de la iglesia de un solo espacio, en el extremo del mundo occidental, Edwin siente un extraño miedo. Todavía está algo mareado, tiene un fuerte dolor de cabeza y se siente muy cansado. Ya no quiere hablar. Solo quiere acostarse. La presencia de Roberts no tiene sentido para él.

—Si Pike se fue anoche, tuvo que hacerlo a nado —dice Edwin.

—Se fue —dice Roberts—. Se lo aseguro.

—¿Sabe lo hambriento que está este lugar de noticias, padre, de cualquier noticia? Vivo en la pensión. Si un barco hubiera partido anoche, me habría enterado en el desayuno.

—Se le ocurre el siguiente pensamiento evidente—: Hablando de cosas de las que debería haberme enterado, ¿cómo ha llegado hasta aquí? No ha atracado ningún barco en los últimos dos días. ¿Debo suponer que ha llegado caminando por el bosque?

—No veo qué relevancia podría tener mi medio de transporte.

Edwin se levanta, lo que obliga a Roberts a levantarse también. El sacerdote retrocede hacia el pasillo y lo roza al pasar.

—Edwin —le dice, pero ya está en la puerta. Otro sacerdote se acerca y sube las escaleras que conducen desde la carretera. Es el padre Pike, que regresa de una visita a la fábrica de conservas o al campamento maderero, con el pelo blanco brillando a la luz del sol.

Edwin mira por encima del hombro hacia una iglesia vacía con la puerta trasera abierta. Roberts ha huido.

2

MIRELLA Y VINCENT/

2020

1

—Quiero enseñaros algo raro. —El compositor, que era famoso en un nicho muy limitado, es decir, que no corría el peligro de que lo reconocieran por la calle, pero la mayoría de las personas de un par de diminutas subculturas artísticas sabía su nombre, estaba claramente incómodo y sudaba mientras se inclinaba hacia el micrófono—. A mi hermana le gustaba grabar vídeos. Lo que os voy a enseñar es uno que me encontré en un trastero, después de su muerte, y tiene una especie de interferencia que no puedo explicar. —Se quedó callado un momento mientras ajustaba un botón del teclado—. He compuesto algo de música para acompañarlo, pero, justo antes de la interferencia, la música parará, para que apreciemos la belleza de la imperfección técnica.

Primero comenzó la música, una sucesión onírica de cuerdas, con sugerencias de estática bajo la superficie, y luego el vídeo. Su hermana había caminado con la cámara en la mano por un estrecho sendero de un bosque, en dirección a un viejo arce. Se metió bajo las ramas e inclinó la cámara hacia arriba, hacia las hojas verdes que parpadeaban a la luz del sol, a la brisa. Entonces la música se detuvo de manera tan brusca que parecía que el silencio era la siguiente nota. El compás siguiente fue oscuridad; la pantalla se puso negra durante solo un segundo y se produjo una confusa algarabía de sonidos. Las notas de un violín, una tenue cacofonía como la del interior de una estación de tren metropolitana, una especie de silbido que recordaba a la presión hidráulica. Entonces, en un abrir y cerrar de ojos, el momento terminó, el árbol volvió a aparecer y la imagen de la cámara se movió de forma caótica mientras la hermana del compositor parecía mirar alrededor con frenesí, tal vez sin recordar que tenía el aparato en la mano.

La música del compositor se reanudó y el vídeo dio paso con fluidez a otra de sus obras más recientes, esa vez con un vídeo que él mismo había rodado, cinco o seis minutos de una esquina de una calle fea a rabiar de Toronto, pero con unas cuerdas orquestales que se esforzaban por transmitir una idea de belleza oculta. El compositor trabajaba deprisa; tocaba secuencias de notas en los teclados que surgían un compás después como un violín y construía música en capas mientras la esquina de la calle de Toronto pasaba en la pantalla por encima de su cabeza.

En la primera fila del público, Mirella Kessler lloraba. Había sido amiga de la hermana del compositor, Vincent, y no sabía que hubiera muerto. Salió del teatro poco después y pasó un rato en el baño de señoras para tratar de recomponerse. Respiraciones profundas y una capa de maquillaje fortificante.

—Tranquila —dijo en voz alta a su cara en el espejo—. Tranquila.

Había acudido al concierto con la esperanza de hablar con el compositor y averiguar el paradero de Vincent, porque había ciertas preguntas que quería hacerle. Porque, en una versión de su vida tan lejana que parecía un cuento de hadas, Mirella había tenido un marido, Faisal, y ambos habían sido amigos de Vincent y de su marido, Jonathan. Habían vivido varios años magníficos, de viajes y dinero, hasta que las luces se apagaron. El fondo de inversión de Jonathan resultó ser un esquema Ponzi. Faisal, incapaz de soportar la ruina financiera, se había quitado la vida.

Mirella no había vuelto a hablar con Vincent después de aquello, porque ¿cómo era posible que no lo supiera? Sin embargo, una década después de la muerte de Faisal, estaba en un restaurante con Louisa, su novia desde hacía un año, y sintió el primer escalofrío de duda.

Estaban cenando en un restaurante de fideos en Chelsea y Louisa le hablaba de una inesperada tarjeta de cumpleaños de su tía Jacquie, a quien Mirella nunca había conocido porque la mitad de la familia de Louisa siempre tenía alguna pelea en marcha.

—Jacquie es, casi siempre, de lo peor, aunque para mí tiene todo el derecho a serlo —dijo Louisa.

—¿Por qué? ¿Qué le pasó?

—¿Nunca te he contado la historia? Es épica. Su marido tenía una segunda familia secreta.

—¿En serio? Vaya culebrón.

—La cosa mejora. —Louisa se inclinó hacia delante para soltar el giro—: Colocó a la segunda familia al otro lado de la calle.

—¿Perdón?

—Sí, fue increíble —dijo Louisa—. Imagínate la escena. Típico hombre de negocios, apartamento en Park Avenue, esposa que no trabaja y dos hijos que van a un colegio privado. Lo mejorcito del Upper East Side. Entonces, un día, la tía Jacquie comprueba el extracto de la tarjeta y encuentra un pago de matrícula a una escuela privada a la que ninguno de sus hijos asiste. Así que le da el extracto al tío Mike para preguntarle de dónde ha salido y al parecer casi le da un infarto nada más verlo.

—Sigue.

—Por aquel entonces, mis primos están creo que en octavo y noveno, pero resulta que el tío Mike es también el padre del niño en edad de guardería de enfrente. Puso el pago de la matrícula del chiquillo de cinco años en la cuenta equivocada.

—A ver un momento. ¿Al otro lado de la calle, literalmente?

—Sí, los edificios estaban uno enfrente del otro. Los porteros de ambas direcciones seguramente lo supieran durante años.

—¿Cómo puede ser que no lo supiera? —preguntó Mirella, y, así como así, el pasado se la había tragado entera y estaba hablando de Vincent.

—Un hombre que trabaja muchas horas puede esconder lo que quiera —dijo Louisa. Seguía hablando de su tía y no se había dado cuenta de que Mirella se había marchado a otra parte—. Por suerte para ti, yo no trabajo.

—Por suerte para mí —dijo y le besó la mano—. Qué locura.

—A mí lo que me alucina es lo de que estuvieran al otro lado de la calle —dijo Louisa—. Menudo descaro geográfico.

—No tengo claro si es muy perezoso o muy eficiente. —Mirella fingía seguir en el restaurante con Louisa, comiendo fideos, pero se encontraba muy lejos. Vincent había jurado no saber nada de los crímenes de su marido en mensajes de voz que había borrado y en una declaración oficial.

—Mirella. —Louisa le puso la mano con delicadeza en la muñeca—. Vuelve.

Mirella suspiró y dejó los palillos.

—¿Te he hablado alguna vez de mi amiga Vincent?

—¿La mujer del tipo del esquema Ponzi?

—Sí. La historia de tu tía me ha hecho pensar en ella. ¿Te he contado que la vi una vez, después de la muerte de Faisal?

Louisa abrió los ojos de par en par.

—No.

—Fue poco más de un año después de su muerte, así que en marzo o abril de 2010. Entré en un bar con unos amigos y Vincent era la camarera.

—Dios mío. ¿Qué le dijiste?

—Nada —respondió Mirella.

Al principio no la había reconocido. En la época en la que el dinero abundaba, Vincent había tenido el pelo largo y ondulado, como todas las demás mujeres florero, pero en el bar llevaba el pelo muy corto, gafas y nada de maquillaje. En aquel momento, el disfraz le había parecido a Mirella una confirmación y pensó: «Por supuesto que quieres esconderte, monstruo». Sin embargo, entonces la escena cobró una nueva ambigüedad y se le ocurrió que una explicación alternativa razonable para el pelo corto, las gafas y la ausencia de maquillaje era que alguno de los inversores estafados de su marido podría entrar en cualquier momento. Manhattan estaba plagado de inversores estafados.

—Fingí no conocerla —le dijo a Louisa—. Como venganza, supongo. No fue mi mejor momento. Siempre aseguró que no sabía lo que Jonathan hacía, pero nunca la creí. «Por supuesto que lo sabías. Cómo es posible que no lo supieras. Lo sabías y dejaste que Faisal lo perdiera todo, y ahora está muerto», pensaba. Era lo único en lo que podía pensar por aquel entonces.

Louisa asintió.

—Sería lógico que lo supiera —dijo.

—Pero ¿y si no lo sabía?

—¿Es plausible? —preguntó Louisa.

—En aquel momento, no me lo pareció. Pero ahora que me has contado la historia de tu pobre tía Jacquie, pues… Si puedes esconder a un niño de cinco años, puedes esconder un esquema Ponzi.

Louisa sostuvo las manos de Mirella por encima de la mesa.

—Deberías hablar con ella.

—No tengo ni idea de cómo encontrarla.

—Estamos en 2019 —dijo Louisa—. Nadie es invisible.

Pero Vincent lo era. Por aquel entonces, Mirella trabajaba como recepcionista en una sala de muestras de azulejos de alta gama cerca de Union Square. Era el tipo de lugar al que no le hacían falta muchos clientes, porque, cuando la gente se gastaba el dinero, gastaba decenas de miles de dólares. La mañana siguiente a la cena con Louisa, tras una hora desperdiciada en silencio detrás de un mostrador de recepción del tamaño de un coche, Mirella buscó a Vincent. Primero, probó con el apellido de su marido. La búsqueda de «Vincent Alkaitis» dio como resultado una serie de fotos antiguas en sociedad, algunas en las que aparecía Mirella en fiestas, galas y otros eventos, y también páginas de Vincent en la vista de la sentencia de su marido, con el rostro inexpresivo, un traje gris y nada más. Las imágenes más recientes eran de 2011. «Vincent Smith» derivó en docenas de personas diferentes, la mayoría hombres, y ninguna era la que ella estaba buscando. No la encontró en redes sociales ni en ningún otro sitio.

Se recostó en la silla, frustrada. En lo alto de su mesa, una luz zumbaba. Mirella usaba mucho maquillaje en el trabajo y, cuando estaba cansada por las tardes, a veces sentía la cara pesada. En la pradera de baldosas blancas de la planta de ventas, un único vendedor le enseñaba a una clienta todos los colores imaginables del material compuesto característico de la empresa, que parecía piedra pero no lo era.

Los padres de Vincent habían muerto hacía tiempo, pero tenía un hermano. Para desenterrar el nombre tuvo que sumergirse en lo más hondo de sus recuerdos, un lugar que por lo general intentaba evitar. Miró a la puerta para asegurarse de que no se acercara ningún cliente, luego cerró los ojos, respiró hondo dos veces y escribió «Paul Smith compositor» en Google.

Así fue como terminó en la Academia de Música de Brooklyn cuatro meses más tarde, esperando en la entrada de artistas a Paul James Smith. Había albergado la esperanza de que pudiera decirle cómo encontrar a Vincent. Sin embargo, al parecer estaba muerta, lo que significaba que la conversación sería otra muy diferente. La puerta del escenario daba a una tranquila calle residencial. Mirella paseó mientras esperaba sin alejarse demasiado, solo unos metros en cada dirección. Era finales de enero, pero hacía un calor inusual, muy por encima del punto de congelación. Solo había otra persona que esperaba con ella, un hombre de su misma edad, unos treinta y cinco años, con pantalones vaqueros y una americana anodina. Tanto los vaqueros como la camisa le quedaban grandes. La saludó con la cabeza, ella le devolvió el saludo y se sumieron en una incómoda espera. Pasó algo de tiempo. Un par de empleados salieron sin mirarlos.

Cuando el hermano de Vincent salió por fin, tenía un aspecto un poco demacrado, aunque, siendo justos, a nadie le sentaba del todo bien el resplandor anaranjado de las luces de la calle.

—Paul —dijo Mirella, en el mismo momento en que el otro hombre dijo «disculpe». Intercambiaron una mirada de disculpa y se quedaron en silencio mientras Paul los observaba a uno y a otra. Un tercer hombre se acercó deprisa, un tipo pálido con un sombrero de fieltro y gabardina.

—Hola —saludó Paul, de manera general, para todos.

—¡Hola! —dijo el recién llegado. Se quitó el sombrero y reveló que era casi calvo—. Daniel McConaghy. Gran fan. Gran espectáculo.

Paul ganó un centímetro de altura y unos cuantos vatios de luminosidad cuando se adelantó para estrechar la mano del hombre.

—Vaya, gracias —dijo—. Siempre es un placer conocer a un fan.

Miró expectante a Mirella y al tipo de la ropa holgada.

—Gaspery Roberts —dijo el tipo de la ropa enorme—. Maravilloso espectáculo.

—Espero que no te ofendas —dijo el hombre del fedora—. No es que crea que tienes las manos sucias ni nada por el estilo, es que me he aficionado al gel hidroalcohólico desde que lo de Wuhan salió en las noticias. —Se frotaba las manos, con una sonrisa de disculpa.

—Los fómites no son un modo de transmisión importante para el COVID-19 —dijo Gaspery.

«¿Fómites? ¿COVID-19?». Mirella nunca había oído ninguno de esos términos; los otros dos también fruncieron el ceño.

—Ah, claro —dijo el hombre, aparentemente para sí mismo—. Solo estamos en enero. —Volvió a centrarse—. Paul,

¿me permites invitarte a una copa y hacerte un par de preguntas rápidas sobre tu trabajo?

Tenía un leve acento que Mirella no supo distinguir.

—Eso suena estupendo —dijo Paul—. Sin duda, me vendría bien un trago.

Se volvió hacia Mirella.

—Mirella Kessler —dijo—. Era amiga de tu hermana.

—Vincent —murmuró él.

No supo descifrar su expresión. Había tristeza, pero también un destello de algo furtivo. Por un momento, nadie habló.

—Bueno —dijo Paul, con una alegría forzada—, ¿qué tal si vamos todos a tomar algo?

Acabaron en un pequeño restaurante francés a unas pocas manzanas de distancia, frente a un parque que, desde el punto de vista de Mirella, parecía una colina apenas contenida por un alto muro de ladrillos. No conocía nada de Brooklyn, así que todo le resultaba misterioso, sin puntos de referencia más allá de una vaga noción de que, si salía por la puerta del restaurante, las agujas de Manhattan quedarían en algún lugar a la izquierda. La conmoción inicial por la noticia de la muerte de Vincent se había desvanecido un poco, sustituida por un agotamiento extremo. Estaba sentada junto al tipo del fedora, cuyo nombre había olvidado, y frente a Gaspery, que estaba al lado de Paul. El del fedora no paraba de hablar de la brillantez del compositor, de sus evidentes influencias, de su deuda artística con Warhol, etcétera. Parloteaba sobre que le había encantado el trabajo de Paul desde el principio, aquella innovadora colaboración experimental en Miami Basel con un videógrafo cuyo nombre no recordaba, el salto que había supuesto que Paul empezara a utilizar sus propios vídeos en lugar de colaborar con otros, y así sucesivamente. Paul estaba radiante. Le encantaba que lo elogiaran, pero a quién no. Estaba de cara a la ventana y su mirada se desviaba una y otra vez por encima del hombro de Gaspery hacia el parque. Si hubiera un terremoto y se rompiera el muro de contención, ¿se derramaría el parque hacia la calle y enterraría el restaurante? Volvió a prestar atención a la mesa cuando escuchó el nombre de Vincent.

—¿Así que tu hermana, Vincent, es la que filmó ese extraño vídeo de la actuación de esta noche? —Se trataba de Gaspery. Mirella recordaba el nombre porque no lo había escuchado nunca.

Paul se rio.

—Dime uno de mis vídeos que no sea extraño —dijo—. Hice una entrevista el año pasado, con un tipo que no paraba de llamarme *sui generis,* hasta que en un momento dado le dije: «Chico, puedes decir extraño. Extraño, raro, excéntrico, lo que prefieras». La entrevista fue mucho mejor después de eso. —Se rio a carcajadas de su propia anécdota y el del fedora lo acompañó.

Gaspery sonrió.

—Me refería al vídeo del paseo en el bosque —insistió—. Con la oscuridad y los sonidos extraños.

—Ah, sí. Era de Vincent. Me dio permiso para usarlo.

—¿Se grabó cerca de donde crecisteis? —preguntó Gaspery.

—Has hecho los deberes —dijo Paul con aprobación.

El hombre inclinó la cabeza.

—Eres de la Columbia Británica, ¿no?

—Sí. Un sitio pequeño llamado Caiette, al norte de la isla de Vancouver.

—Ah, cerca de la isla del Príncipe Eduardo —dijo el del fedora con seguridad.

—Aunque en realidad no crecí ahí —apuntó Paul, al parecer sin escuchar la intervención—. Vincent, sí. Mismo padre, diferentes madres, así que yo solo pasaba los veranos y navidades alternas. Pero sí, allí es donde se grabó el vídeo.

—Ese momento en el vídeo —dijo Gaspery—. Esa anomalía, a falta de una palabra mejor. ¿Alguna vez has visto algo así en persona?

—Solo colocado de LSD —dijo Paul.

—Ah —dijo el del fedora y de pronto se mostró radiante—, no sabía que hubiera una influencia psicodélica en tu trabajo. —Se inclinó hacia delante, como quien cuenta un secreto—. Yo mismo he estado muy metido en el mundo de los alucinógenos. Una vez empiezas con las dosis de heroína, comienzas a tener ciertas percepciones del mundo. Muchas cosas son una mera ilusión, ¿verdad?

Gaspery le lanzó una mirada consternada y Mirella se limitó a observar mientras esperaba la oportunidad de preguntar por Vincent. Gaspery le resultaba ajeno de una manera que no sabía descifrar.

—Y cuando lo comprendes —decía el del fedora—, todo encaja, ¿a que sí? Un amigo mío quería dejar de fumar. El tipo debía de haberlo intentado seis u ocho veces sin conseguirlo. No podía. Entonces, un día toma LSD y ¡bam! Me llamó a la noche siguiente y me dijo: «Dan, es un milagro, hoy no he tenido ganas de fumar». Te digo que fue…

—¿Qué le ocurrió? —preguntó Mirella a Paul. Sabía que estaba siendo maleducada, pero no le importaba; no iba a volverse más joven allí sentada mientras se hundía en la pena y solo quería saber qué le había pasado a su amiga y poder alejarse de esa gente.

Paul parpadeó, como si hubiera olvidado que ella estaba allí.

—Se cayó de un barco —dijo—. Hace un año y medio. No, dos años. Se cumplieron dos años el mes pasado.

—¿Qué tipo de barco? ¿Estaba en un crucero?

El del fedora miraba enfurruñado su bebida, pero Gaspery escuchaba la conversación con gran interés.

—No, estaba… No sé cuánto sabes de lo que le pasó en Nueva York —dijo Paul—. Toda la movida con su marido, que resultó ser un sinvergüenza…

—Mi marido era inversor de su esquema Ponzi —dijo Mirella—. Lo sé todo.

—Joder —dijo Paul—. ¿Qué…?

—Un momento —dijo el del fedora—, ¿hablamos de Jonathan Alkaitis?

—Sí —confirmó Paul—. ¿Conoces la historia?

—Ese delito fue una *locura* —respondió—. ¿Cuál fue la magnitud del fraude? ¿Veinte mil millones de dólares? ¿Treinta? Recuerdo dónde estaba cuando estalló todo. Me llegó una llamada de mi madre, al parecer los ahorros para la jubilación de mi padre estaban...

—Me estabas contando lo del barco —dijo Mirella.

Paul parpadeó.

—Sí. Sí.

—Tienes una ligera tendencia a interrumpir —dijo el del fedora a Mirella—. No te ofendas.

—Nadie está hablando contigo —dijo Mirella—. Le he hecho una pregunta a Paul.

—Sí, bueno, pues Vincent y yo llevábamos unos años sin estar en contacto —dijo—, pero después de que Alkaitis la abandonara y huyera del país, supongo que hizo alguna que otra formación, consiguió algunos títulos y se hizo a la mar como cocinera en un buque de carga.

—Ah —dijo Mirella—. Vaya.

—Parece una vida interesante, ¿verdad?

—¿Qué le pasó?

—Nadie lo sabe en realidad —dijo Paul—. Desapareció sin más del barco. Dicen que fue un accidente. No se encontró el cuerpo.

Mirella no sabía que iba a llorar hasta que sintió que las lágrimas se derramaban por su cara. Todos los hombres de la mesa se mostraron muy incómodos. Solo Gaspery tuvo el detalle de pasarle una servilleta.

—Se ahogó —jadeó.

—Sí, eso parece. Estaban a cientos de kilómetros de tierra. Desapareció en la tormenta.

—Ahogarse era lo que más temía. —Se secó la cara con la servilleta. En el silencio, los ruidos del restaurante se multiplicaron a su alrededor, una pareja que discutía en voz baja en francés en una mesa cercana, el traqueteo de la cocina, el cierre de la puerta de la sala de descanso.

—Bueno —dijo—, gracias por decírmelo. Y gracias por la copa.

No sabía quién iba a pagar las bebidas, pero sabía que no sería ella. Se levantó y salió del restaurante sin mirar atrás.

Fuera, se vio sin rumbo ni dirección. Sabía que debería pedir un Uber e irse a casa. Marcharse, dormir y no hacer ninguna tontería como salir a pasear de noche por un barrio desconocido, pero Vincent estaba muerta. Decidió buscar un lugar para sentarse durante unos minutos, solo para poner en orden sus pensamientos. El barrio le parecía bastante tranquilo y no era tan tarde; además, no tenía miedo de nada, así que cruzó la calle y entró en el parque.

El parque estaba tranquilo, pero no vacío. La gente se movía entre charcos de luz, parejas abrazadas, grupos de amigos y una mujer que cantaba para sí misma. Sintió una amenaza flotando en el aire, pero no iba dirigida a ella. ¿Cómo podía Vincent estar muerta? Era completamente imposible. Encontró un banco, se puso los auriculares para fingir no oír si alguien le hablaba y se propuso ser invisible. Se quedaría sentada un tiempo, pensando en Vincent, o hasta que encontrase la manera de dejar de pensar en ella; entonces se iría a casa y se acostaría. Sin embargo, sus pensamientos se desviaron hacia Jonathan, el antiguo marido de Vincent, que vivía en un hotel de lujo en Dubái. La idea de que estuviera allí, dondequiera que fuera, pidiendo al servicio de habitaciones, exigiendo que le cambiaran las sábanas y nadando en la piscina del hotel, mientras Vincent estaba muerta, le pareció una abominación.

Un hombre pasó por delante de ella y se sentó en el banco. Se giró y encontró a Gaspery, así que se quitó los auriculares.

—Perdóname —dijo—. Te he visto entrar en el parque y este no es un mal barrio, pero... —No terminó el pensamiento, porque no hacía falta. Para una mujer sola en un parque después del anochecer, todo barrio era un mal barrio.

—¿Quién eres? —preguntó Mirella.

—Soy una especie de investigador —dijo Gaspery—. Creerás que estoy loco si entro en detalles.

Le dio la sensación de que había algo familiar en él, algo en su perfil que le resultaba vagamente conocido, pero no conseguía ubicarlo.

—¿Qué investigas?

—Seré sincero contigo, no tengo ningún interés en el señor Smith ni en su arte —dijo Gaspery.

—Ya somos dos.

—Lo que sí me interesa es un cierto tipo de anomalía, como ese momento del vídeo en el que la pantalla se queda en negro. Lo esperaba en la salida para preguntarle al respecto.

—Es un instante extraño.

—Si me permites la pregunta, ¿tu amiga te habló alguna vez de ese momento? Después de todo, era su vídeo.

—No —dijo Mirella—. No que yo recuerde.

—Es lógico. Sería muy joven cuando lo grabó. Las cosas que vemos cuando somos niños a veces no nos dejan huella.

«Las cosas que vemos cuando somos niños».

—Creo que te he visto antes —dijo Mirella, mientras observaba su perfil en la penumbra. Gaspery se volvió para mirarla y entonces estuvo segura—. En Ohio.

—Parece que hayas visto un fantasma.

Se levantó del banco.

—Estabas bajo el paso elevado —dijo—. Eras tú, ¿verdad?

Frunció el ceño.

—Creo que me confundes con alguien.

—No, creo que eras tú. Estabas bajo el paso elevado. Justo antes de que llegara la policía, antes de que te arrestaran. Dijiste mi nombre.

Sin embargo, el hombre se mostraba genuinamente confundido.

—Mirella, yo…

—Tengo que irme.

Huyó, sin echar a correr, sino caminando de la manera imparable que había perfeccionado durante los años que había pasado en la ciudad de Nueva York. Salió a toda prisa del parque, de vuelta a la calle, donde en la pecera de luz del restaurante francés, el hombre del fedora y el hermano de Vincent seguían enfrascados en una conversación. Gaspery no la había seguido. Agradeció que llevara una camisa blanca; prácticamente brillaría en la oscuridad. Se adentró en las sombras de una calle residencial. Pasó por delante de casas antiguas de piedra rojiza que se veían preciosas bajo las luces de la calle, vallas de hierro y árboles viejos. Cada vez más deprisa, avanzó hacia las brillantes luces de una avenida comercial, donde un taxi amarillo se deslizaba por la intersección como una carroza, como una especie de milagro, ¡un taxi amarillo en Brooklyn! Lo paró y se subió. Momentos después, el taxi cruzaba a toda velocidad el puente de Brooklyn, mientras Mirella lloraba en silencio en el asiento trasero. El conductor la miró por el espejo retrovisor, pero —¡alabada sea la indiferencia entre extraños de aquella ciudad abarrotada!— no dijo nada.

2

Cuando Mirella era niña, vivía con su madre y su hermana mayor, Susanna, en un dúplex del extrarradio de Ohio. La urbanización se encontraba en un territorio compuesto por centros comerciales y grandes almacenes. Las tierras de cultivo se extendían hasta la parte de atrás del aparcamiento del Walmart. A unos kilómetros de distancia había una cárcel. La madre de Mirella tenía dos trabajos y pasaba muy poco tiempo en casa. Por las mañanas, en invierno, mucho antes del amanecer, su madre se levantaba después de unas pocas horas de sueño, echaba leche en los cereales de sus hijas y las peinaba mientras bebía un café insulso y las llevaba al cole. Se despedía de ellas con un beso y pasaban en el colegio las siguientes diez horas. Llegaban temprano, hacían las clases y después las actividades extraescolares, hasta que, al final de la tarde, se subían a un autobús que las dejaba a menos de un kilómetro de casa.

Era un kilómetro complicado. Tenían que cruzar por debajo de un paso elevado. A Mirella le daba miedo, pero, en todos los años que vivió allí, desde los cinco años hasta que dejó el instituto y tomó un autobús a Nueva York a los dieciséis, solo hubo un incidente verdaderamente terrible. Mirella tenía nueve años, por lo que Susanna tenía once, y sí que oyeron los disparos mientras el autobús se alejaba, pero los sonidos solo se volvieron claros en retrospectiva. En el momento, se miraron en el crepúsculo invernal y Susanna se encogió de hombros.

—Será el petardeo de un coche —dijo, y Mirella, que se habría creído cualquier cosa que le dijera su hermana, le dio la mano y caminaron juntas.

Nevaba y la boca del paso elevado era una cueva oscura que esperaba para tragárselas. «No pasa nada —se dijo Mirella—. No pasa nada, no pasa nada». Porque nunca pasaba nada, pero esa vez pasó. Cuando se adentraron en las sombras, el sonido se repitió, demasiado fuerte entonces. Se detuvieron.

Había dos hombres tirados en el suelo unos metros por delante. Uno no se movía, el otro se retorcía. Con la escasa luz y a aquella distancia, no veía bien qué les había sucedido. Había un tercer hombre sentado en el suelo, apoyado en la pared, con una pistola en la mano. Un cuarto salió corriendo y sus pasos retumbaron, pero Mirella lo vislumbró solo un instante cuando subía el terraplén por el extremo más alejado del paso elevado y se perdía de vista.

Durante mucho tiempo, todos, Mirella, Susanna, el hombre de la pistola y los muertos o moribundos del suelo, se quedaron congelados en un retablo invernal. ¿Cuánto tiempo? Pareció una eternidad. Horas, días. El hombre de la pistola tenía un aspecto somnoliento, casi como si estuviera sedado, y la cabeza le rebotó hacia adelante una o dos veces. Entonces llegaron las luces de la policía, azules y rojas, y eso lo despertó. Se quedó mirando la pistola que tenía en la mano, como si no supiera cómo había llegado hasta allí; luego volvió la cabeza y miró directamente a las chicas.

—Mirella —dijo.

Luego llegaron los gritos y la confusión en un enjambre de uniformes oscuros. «¡Suelte el arma! ¡Suéltela!». Que el suceso había ocurrido era una verdad objetiva; a Susanna y a ella las entrevistó la policía y la noticia salió en los periódicos al día siguiente. «Dos muertos a tiros bajo el paso a nivel. Sospechoso detenido». A pesar de todo, le fue fácil convencerse a sí misma en los años siguientes de que la última parte la había imaginado, que el hombre en realidad no había dicho su nombre.

¿Cómo iba a saber cómo se llamaba? Susanna no recordaba haber oído nada.

Sin embargo, todos esos años después, en el asiento trasero de un taxi con destino a Manhattan, a salvo en otra vida, la invadió una certeza de la que no pudo desprenderse; el hombre del túnel era Gaspery Roberts.

Cerró los ojos e intentó relajarse, pero el móvil le vibró en la mano. Un mensaje de su novia: «¿Vienes a la fiesta de Jess?».

Tardó unos segundos en recordar. «Voy de camino», le respondió, y le hizo un gesto al taxista por el retrovisor.

—Disculpe.

—¿Señora? —dijo con cautela porque había estado llorando hasta entonces.

—¿Le importa si le doy una nueva dirección? Tengo que ir al Soho.

3

Tuvo que recorrer toda la fiesta antes de encontrar a Louisa, que fumaba un cigarrillo en una terraza que, en realidad, no era más que un trocito de tejado negro. La besó y luego se sentó con torpeza a su lado en un estrecho banco de piedra.

—¿Cómo estás? —preguntó Louisa. Vivían separadas, pero pasaban mucho tiempo juntas.

—Bastante bien —dijo Mirella, porque no quería hablar del tema. Era perturbador lo fácil que le resultaba mentirle a Louisa. Sabía que era injusto comparar a las personas, todo el mundo lo sabe, pero el problema en aquel momento era que Louisa le parecía infinitamente menos interesante que Vincent. Louisa tenía una especie de aire inmaculado, la sensación de haber estado siempre protegida de las aristas más afiladas de la vida, lo que entonces le resultaba menos atractivo que antes.

—Estoy un poco cansada —dijo—. No he dormido muy bien.

—¿Y eso?

—No lo sé. Una mala noche, sin más.

Otra dificultad de la noche. Era la fiesta de Jess, y Jess era amiga de Mirella, no de Louisa. En su antigua vida, esa en la que todo era diferente, habría estado en aquella terraza con Faisal. En ese momento, como entonces, el espacio estaba adornado con guirnaldas de luces y palmeras de maceta, pero seguía pareciendo un zulo. Era la desventaja de haber conservado algunos amigos de su época con Faisal; había lugares peligrosos por todas partes, lugares donde corría el peligro de que los recuerdos de otra vida la absorbieran, y esa terraza era uno de ellos. Otra noche, en otra fiesta, hacía… ¿catorce años? ¿Trece? Vincent y ella se habían quedado, un poco achispadas, mirando la pequeña porción de cielo oscuro, porque Vincent juraba que veía la estrella polar.

—Está justo ahí —dijo—. Mira, sigue mi dedo. No brilla mucho.

—Eso es un satélite —dijo Mirella.

—¿Qué es un satélite? —preguntó Faisal al salir al balcón. Habían llegado por separado y era la primera vez que lo veía en todo el día. Lo besó y no se le pasó la forma en que Vincent miró en su dirección antes de devolver la mirada al cielo. La diferencia entre las dos era que Mirella quería a su marido de verdad.

—Allí —dijo Mirella y señaló con el dedo—. Se mueve, ¿verdad?

Faisal entrecerró los ojos.

—Tendré que creerte —dijo—. Me parece que necesito gafas nuevas. —Echó un vistazo al reducido espacio mientras le rodeaba la cintura con el brazo—. Vaya —dijo—. Menudo incendio en potencia más bohemio y emocionante.

Era verdad. Los edificios se alzaban por todos lados. Tres paredes pertenecían a otros inmuebles y en la cuarta se encontraba la puerta que conducía al interior de la fiesta. Años después, allí sentada con Louisa, Mirella cerró los ojos un instante para no ver a Faisal mirando al cielo.

—¿Qué has hecho todo el día? —preguntó su novia.

Hubo un tiempo en el que a Mirella le gustaban las preguntas de Louisa, un tiempo en el que había considerado un regalo el estar con una persona tan considerada y que se interesaba por todo lo que había hecho durante el día, alguien que se preocupaba lo suficiente como para preguntar; sin embargo, esa noche lo vio como una intrusión.

—He ido a dar un paseo. He lavado la ropa. Más que nada, he mirado Instagram. —Si se paraba a pensarlo, era imposible que Gaspery Roberts fuera el hombre del paso elevado; eso había pasado hacía décadas y no había envejecido.

—¿Ha sido satisfactorio?

—Claro que no —respondió, un poco más borde de lo que pretendía, y Louisa la miró sorprendida.

—Deberíamos ir a algún sitio —dijo—. Tal vez alquilar una casa de campo y salir de la ciudad unos días.

—Suena bien. —Sin embargo, Mirella se sorprendió por la infelicidad que la inundó al oír la sugerencia. Se dio cuenta de que no le apetecía nada irse a una casa de campo con Louisa.

—Pero antes —dijo esta—, necesito otra copa.

Entró y Mirella se quedó sola un rato, hasta que una mujer se le acercó para pedir fuego y se ofreció a leerle el futuro a cambio. Mirella levantó las manos como le indicó, con las palmas hacia arriba, avergonzada por cómo le temblaban. ¿Cómo se había desenamorado de Louisa de manera tan repentina y rotunda? ¿Cómo era posible que el hombre del túnel de Ohio hubiera aparecido tras todos esos años en Nueva York? ¿Cómo era posible que Vincent estuviera muerta? La adivina puso las manos sobre las de Mirella, sus palmas casi tocándose, y cerró los ojos. A Mirella le gustaba observar sin ser observada. La pitonisa era mayor de lo que había pensado en un principio, tenía más de treinta años, con las primeras líneas de la edad visibles en el rostro. Llevaba un complicado entramado de pañuelos en la cabeza.

—¿De dónde eres? —preguntó.

—De Ohio.

—Me refería a originalmente.

—Ohio.

—Ah. Me había parecido notar un acento.

—El acento también es de Ohio.

Los ojos de la adivina seguían cerrados.

—Tienes un secreto —dijo.

—¿No lo tiene todo el mundo?

Abrió los ojos.

—Tú me cuentas el tuyo, yo te cuento el mío y no nos volvemos a ver.

Era una propuesta atractiva.

—De acuerdo —dijo Mirella—. Pero empiezas tú.

—Mi secreto es que odio a la gente —dijo la mujer con una sinceridad absoluta, y por primera vez a Mirella le cayó bien.

—¿A toda la gente?

—A toda, excepto quizá unas tres personas —dijo ella—. Te toca.

—Mi secreto es que quiero matar a un hombre.

¿Era eso verdad? No estaba segura. Tenía cierto aire de verdad. Los ojos de la adivina recorrieron el rostro de Mirella, como si tratara de averiguar si era una broma.

—¿A un hombre concreto? —preguntó. Le sonrió con timidez. «Es una broma, ¿verdad? Por favor, dime que es una broma», parecía decirle. Pero Mirella no le devolvió la sonrisa.

—Sí —dijo—. A un hombre concreto.

Las palabras se volvieron reales mientras las decía.

—¿Cómo se llama?

—Jonathan Alkaitis. —¿Cuándo había sido la última vez que había dicho el nombre en voz alta? Lo repitió para sí misma, en voz más baja—. En realidad, tal vez solo quiera hablar con él. No lo sé.

—Hay una gran diferencia —respondió la adivina.

—Ya. —Cerró los ojos para alejar la oscuridad del cielo, el tumulto de la fiesta cercana, el hedor del humo de los cigarrillos, la cara de la adivina—. Supongo que tendré que decidirlo.

—Vale —dijo la pitonisa—. Pues gracias por el mechero.

Se alejó y desapareció en la fiesta, por una puerta abierta como un portal hacia un mundo perdido. Era una noche fría y la luna brillaba sobre la ciudad de Nueva York. Mirella se quedó mirándola un momento y luego regresó a la fiesta, que le pareció un sueño lejano, todo colores abstractos, conmoción y luces. Louisa bailaba en el salón. Se quedó mirándola un momento y luego se abrió paso entre la multitud.

—Me duele la cabeza —dijo—. Creo que me voy a ir.

Louisa la besó y Mirella supo que lo suyo había terminado. No sintió nada.

—Llámame —dijo Louisa.

—*Adieu* —se despidió mientras se alejaba entre la multitud y Louisa, que no hablaba francés y no entendía las implicaciones de la palabra, le sopló un beso.

3

LA ÚLTIMA GIRA DE PROMOCIÓN EN LA TIERRA/

2203

La primera parada de la gira del libro era la ciudad de Nueva York, donde Olive firmó en dos librerías y luego consiguió sacar una hora para pasear por Central Park antes de la cena con los libreros. Sheep Meadow al atardecer; luz plateada y hojas húmedas en la hierba. El cielo estaba repleto de aeronaves de baja altitud y, a lo lejos, las luces de las estrellas fugaces de los aviones de cercanías ascendían hacia las colonias. Olive se detuvo un momento para orientarse y luego caminó hasta la antigua silueta doble del Dakota. Detrás, se alzaban torres de cien pisos.

En el Dakota la esperaba su nueva publicista, Aretta, encargada de todos los eventos en la República Atlántica. Era un poco más joven que Olive y deferente de una manera que la ponía nerviosa. Cuando entró en el vestíbulo, se levantó al instante y el holograma con el que había estado hablando parpadeó.

—¿Ha estado bien el paseo por el parque? —preguntó, ya con una sonrisa en previsión de una respuesta positiva.

—Ha sido encantador, gracias —dijo Olive. No añadió «me ha hecho desear vivir en la Tierra», porque la última vez que confió en una asistente, sus palabras se repitieron en la cena. «¿Sabéis lo que me ha dicho Olive en el viaje? —informó casi sin respirar una bibliotecaria de Montreal a una mesa de restaurante llena de bibliotecarios expectantes—. ¡Me ha dicho que estaba un poco nerviosa antes de la charla!». Así que, desde entonces, Olive había adoptado la política de no revelar nunca nada ni siquiera remotamente personal a nadie.

—Bueno —dijo Aretta—, deberíamos ir ya al local. Está a unas seis o siete manzanas. ¿Quizá deberíamos tomar…?

—Me gustaría caminar —dijo Olive—. Si no te importa.

Se adentraron juntas en la ciudad de plata.

¿De verdad deseaba Olive vivir en la Tierra? Dudó sobre la respuesta. Había vivido toda su vida en los ciento cincuenta kilómetros cuadrados de la segunda colonia lunar, llamada Colonia Dos en un alarde de imaginación. Le parecía preciosa; la Colonia Dos era una ciudad de piedra blanca, torres puntiagudas, calles arboladas y pequeños parques, barrios que alternaban edificios altos y casitas con jardines en miniatura, un río que corría bajo arcos peatonales… Sin embargo, las ciudades no planificadas tenían algo. La Colonia Dos resultaba tranquilizadora por su simetría y su orden. A veces, el orden podía ser implacable.

Aquella noche, en la cola para firmar después de la charla en Manhattan, un joven se arrodilló a un lado de la mesa para quedar más o menos a la misma altura que Olive y le dijo:

—Tengo un libro para firmar —La voz le temblaba un poco—, pero lo que en verdad quería decirte es que tu trabajo me ayudó a superar una mala racha el año pasado. Gracias.

—Ah —dijo Olive—. Gracias a ti. Me siento honrada.

Sin embargo, en esos momentos, «honrada» siempre le sonaba mal, sentía que era la palabra equivocada, lo que provocaba que se sintiera como una especie de fraude, como una actriz que interpretaba el papel de Olive Llewellyn.

—Todo el mundo se siente un fraude alguna vez —dijo su padre la noche siguiente, en el trayecto desde la terminal de naves de Denver hasta el pueblecito donde vivía con la madre de Olive.

—Ya, lo sé —dijo ella—. No digo que sea un problema de verdad.

La manera en que Olive veía su propia vida era que no tenía ningún problema real.

—Vale. —Su padre sonrió—. Me imagino que estos días te sientes un poco desorientada.

—Tal vez un poco. —Tenía cuarenta y ocho horas para ver a sus padres antes de reanudar el viaje. Pasaban por una zona agrícola donde enormes robots se movían despacio por encima de los campos. La luz del sol era más nítida que en casa—. Desorientada o no, me siento agradecida por todo.

—Por supuesto, aunque tiene que costar estar lejos de Sylvie y Dion. —Había llegado a las afueras del pueblo donde vivían sus padres y pasaban por un distrito de fundiciones de reparación de robots.

—Procuro no pensar en ello —dijo Olive. El gris de las fundiciones daba paso a pequeñas tiendas y casas pintadas de colores brillantes. El reloj de la plaza del pueblo brillaba a la luz del sol—. Si te permites pensar en ella, la distancia se vuelve insoportable.

La mirada de su padre se mantenía fija en la carretera.

—Hemos llegado —dijo.

Acababan de entrar en la calle de sus padres y su madre esperaba en la puerta, al alcance de la mano. Olive bajó del aerodeslizador en cuanto se detuvo y corrió a abrazarla. «Si la distancia es insoportable, ¿por qué vives tan lejos de mí?». No hizo la pregunta, ni entonces ni en los dos días que pasó con sus padres.

La casa de los padres de Olive no era la casa de su infancia, esa la habían vendido unas semanas después de que se marchara a la universidad, cuando sus padres decidieron retirarse a la Tierra, pero allí había paz.

—Me ha encantado verte —susurró su madre cuando se fue. La abrazó unos segundos y le acarició el pelo—. ¿Volverás pronto?

Un aerodeslizador esperaba delante de la casa, con un conductor contratado por uno de los editores norteamericanos de

Olive. Esa noche tenía un evento en una librería en Colorado Springs, seguido de un vuelo a primera hora de la mañana a un festival en Deseret.

—La próxima vez traeré a Sylvie y a Dion —dijo Olive, y se sumergió de nuevo en la espiral de la gira.

Una paradoja de las giras promocionales: Olive echaba de menos a su marido y a su hija con una pasión desesperada, pero también le encantaba pasear sola por las calles vacías de Salt Lake City a las ocho y media de la mañana de un sábado con el aire brillante del otoño y los pájaros que revoloteaban en la luz blanca. Mirar a un cielo azul claro y saber que no es una cúpula tiene algo especial.

La tarde siguiente, en la República de Texas, quiso volver a dar un paseo. Según el mapa, su hotel, un La Quinta que estaba enfrente de otro La Quinta, separados por un aparcamiento, se encontraba justo al otro lado de la carretera de una zona de restaurantes y tiendas. Sin embargo, lo que el mapa no mostraba era que la carretera era una vía rápida de ocho carriles sin paso de peatones y con un tráfico constante, en su mayoría aerodeslizadores modernos, pero también alguna que otra camioneta de ruedas desafiantemente retro, así que caminó junto a la carretera durante un rato, mientras las tiendas y los restaurantes brillaban como un espejismo al otro lado. No había forma de cruzar sin jugarse la vida, así que no lo hizo. Cuando volvió al hotel, sintió que algo le arañaba los tobillos y, cuando miró abajo, se encontró los calcetines llenos de abrojos, estrellitas negras y afiladas como armas en miniatura que había que extraer con mucho cuidado. Los dejó sobre el escritorio y los fotografió desde todos los ángulos. Eran de una dureza y un brillo tan perfectos que podrían haber pasado por biotecnológicos, pero, cuando separó uno, vio que era real. «Real» no era la palabra adecuada. Todo lo que se toca es real. Lo que tenía entre los dedos era algo que crecía, un desecho de alguna planta misteriosa que no tenían en las colonias lunares, así que envolvió unos cuantos en un calcetín y los guardó con cuidado en la maleta para dárselos a su hija, Sylvie, que tenía cinco años y coleccionaba ese tipo de cosas.

—Su libro me confundió mucho —dijo una mujer en Dallas—. Me encontré con todos esos hilos narrativos y todos esos personajes, y creo que esperaba que terminaran por conectarse de alguna manera, pero no lo hicieron. El libro se acabó sin más. Me quedé como... —La mujer estaba a cierta distancia, entre el público a oscuras, pero Olive vio que hacía el gesto de hojear un libro y quedarse sin páginas—. Me quedé como «¿Qué? ¿Le faltan páginas al libro?». Se acabó sin más.

—Bien —dijo Olive—. Así que, para aclarar, la pregunta es...

—Me quedé como... ¿Qué? —dijo la mujer—. La pregunta es... —Extendió las manos como si dijera «échame un cable, me he quedado sin palabras».

La habitación del hotel esa noche era entera blanca y negra. Olive soñó con jugar al ajedrez con su madre.

¿Terminó el libro de forma demasiado abrupta? Le dio vueltas a la pregunta durante tres días, desde la República de Texas hasta el oeste de Canadá.

—Intento no ser pesimista —dijo Olive a su marido por teléfono—, pero apenas he dormido en tres días y dudo que vaya a estar muy impresionante en la charla de esta noche. —Se encontraba en Red Deer. Al otro lado de la ventana de la habitación del hotel, las luces de las torres residenciales brillaban en la oscuridad.

—No seas pesimista —dijo Dion—. Piensa en la cita que tengo colgada en el despacho.

—«La vida puede ser muy grande si no flaqueas» —dijo Olive—. Ya que mencionas el despacho, ¿cómo va el trabajo?

Suspiró.

—Me han asignado al nuevo proyecto.

Dion era arquitecto.

—¿La nueva universidad?

—Sí, algo así. Un centro para el estudio de la física, pero también… He firmado un acuerdo de confidencialidad blindado, así que no se lo digas a nadie.

—Por supuesto. No se lo diré a nadie. Pero ¿qué tiene de secreto la arquitectura de una universidad?

—No es del todo… No estoy seguro de que sea exactamente una universidad. —Dion sonaba preocupado—. Hay cosas muy raras en los planos.

—¿Raras en qué sentido?

—Para empezar, hay un túnel subterráneo que conecta el edificio con el cuartel de seguridad —dijo.

—¿Por qué una universidad necesitaría un túnel para llegar a la policía?

—Sé lo mismo que tú. Además, el edificio comparte pared con el del Gobierno —dijo Dion—. A ver, de primeras no le di más vueltas. Es un inmueble de primera categoría en el centro de la ciudad, así que, ¿por qué no se iba a construir la universidad junto al edificio del Gobierno? Pero los edificios no están separados. Hay tantos pasadizos entre ambos que son básicamente uno solo.

—Tienes razón —dijo Olive—. Suena raro.

—En fin, supongo que es un buen proyecto para el currículum.

Olive comprendió por su tono que quería cambiar de tema.

—¿Cómo está Sylvie?

—Está bien. —Dion enseguida desvió la conversación hacia asuntos triviales relacionados con la compra de comestibles y los almuerzos escolares de Sylvie, por lo que Olive comprendió que era probable que a su hija no le estuviera yendo especialmente bien en su ausencia, y agradeció la amabilidad de su marido al no decírselo.

Por la mañana, voló a una ciudad del norte para un día de entrevistas, culminado por una charla por la tarde, una larga cola de firmas y una cena tardía, seguida de tres horas de sueño y una recogida en el aeropuerto a las tres y cuarenta y cinco de la madrugada.

—¿A qué te dedicas, Olive? —preguntó la conductora.

—Soy escritora —dijo Olive. Cerró los ojos y apoyó la cabeza en la ventanilla, pero la mujer volvió a hablar.

—¿Qué escribes?

—Libros.

—Cuéntame más.

—Pues estoy de viaje por una novela que se llama *Marienbad*. Va de una pandemia.

—¿Es el libro más reciente?

—No, he escrito otros dos desde entonces, pero van a hacer una película de *Marienbad,* así que estoy de gira por la nueva edición.

—Qué interesante —dijo la conductora y empezó a parlotear de un libro que quería escribir. Sonaba como una especie de epopeya a medio camino entre ciencia ficción y fantasía, ambientada en el mundo moderno, pero con magos, demonios y ratas parlantes. Las ratas eran buenas. Ayudaban a los magos. Eran ratas porque, en todos los libros que la conductora había leído que incluían animales parlantes útiles, los animales eran siempre demasiado grandes. Caballos, dragones y demás. Pero ¿cómo te mueves por el mundo con un dragón o un caballo sin llamar la atención? Es insostenible. Intenta entrar en un bar con un caballo. No, lo que quieres es un compañero animal de bolsillo, una rata, por ejemplo.

—Sí, supongo que las ratas son más portátiles —dijo Olive. Intentaba mantener los ojos abiertos, pero le costaba mucho. El enorme camión de transporte que llevaban delante no dejaba de zigzaguear sobre la línea central. ¿Lo conduciría un ser humano o sería un fallo del software? Inquietante, en cualquier caso. La conductora hablaba de las posibilidades del multiverso. Las ratas aquí no hablan, señaló, pero ¿es lógico deducir que no lo hagan en ningún sitio? Parecía esperar una respuesta.

—La verdad es que no sé mucho de la anatomía de las ratas —dijo Olive—. No sé si sus aparatos fonadores y cuerdas vocales o lo que sea están a la altura del habla humana, pero tendré que darle una vuelta. Tal vez las ratas en diferentes universos podrían tener una anatomía diferente... —Es probable que en ese momento ya estuviera murmurando, o que no hablara en absoluto. Era muy difícil mantenerse despierta. La parte trasera del camión de transporte era hermosa, de acero con una textura de diamante que brillaba y resplandecía con los faros.

—Por lo que sabemos —dijo la conductora—, podría existir un universo en el que tu libro es real, es decir, donde no sea ficción.

—Espero que no —dijo Olive. Solo era capaz de mantener los ojos entreabiertos, por lo que las luces en su campo de visión se alargaban como picos verticales, el salpicadero, las luces traseras, los reflejos de la parte trasera del camión.

—¿Así que tu libro trata de una pandemia?

—Sí. Una gripe científicamente inverosímil.

A Olive le fue imposible seguir con los ojos abiertos, así que se rindió, los cerró y se dejó arrastrar a ese estado de sueño a medias del que sabía que la podría arrancar solo una voz.

—¿Has estado siguiendo las noticias de esa cosa nueva que anda por ahí? —preguntó la conductora—. Ese virus nuevo de Australia.

—Más o menos —dijo Olive, con los ojos cerrados—. Parece que lo han contenido bastante bien.

—En mi libro también hay una especie de apocalipsis. —Habló durante un rato de una ruptura catastrófica en el continuo espacio-tiempo, pero Olive estaba demasiado cansada para seguirla—. ¡Te he tenido despierta todo el tiempo! —exclamó la conductora con alegría cuando el coche entró en el aeropuerto—. ¡No has podido dormir nada!

Doce horas más tarde, Olive daba su charla sobre *Marienbad,* que trataba en gran parte de sus investigaciones sobre la historia de las pandemias. A esas alturas, el discurso le resultaba tan familiar que apenas requería un pensamiento consciente, así que su mente divagaba. No dejaba de pensar en la conversación con la conductora, porque recordaba haber dicho «parece que lo han contenido bastante bien», pero he aquí una pregunta epidemiológica: cuando se habla de brotes de enfermedades infecciosas, ¿contenerlo bastante bien y no hacerlo en absoluto no viene a ser lo mismo? «Céntrate», se dijo a sí misma y volvió a la realidad del podio, la luz dura y brillante, el micrófono.

—En la primavera de 1792 —dijo—, el capitán George Vancouver navegó hacia el norte por la costa de lo que más tarde se conocería como la Columbia Británica, a bordo del HMS *Discovery.* A medida que su tripulación y él viajaban hacia el norte, los hombres se encontraban cada vez más inquietos. Se veían rodeados por un clima templado, un paisaje de un verde extraordinario y, sin embargo, extrañamente vacío. Vancouver escribió en su diario de a bordo: «Hemos recorrido casi doscientos cincuenta kilómetros de estas costas sin vislumbrar siquiera ese número de habitantes». —Una pausa para dejar que la información se asimile, mientras tomaba un sorbo de agua. Un virus está contenido o no lo está. Es una condición binaria. No había dormido lo suficiente. Dejó el vaso de agua. —Cuando desembarcaron, encontraron aldeas que podrían haber albergado a cientos de personas, pero estaban abandonadas. Cuando se aventuraron más lejos, se dieron cuenta de que el bosque era un patio de tumbas. —Esa parte de la conferencia había sido fácil antes de dar a luz a su hija, pero desde entonces le era casi imposible. Olive hizo una pausa para tranquilizarse—. Canoas con restos humanos colgaban a tres o cuatro metros de altura en los árboles —dijo. «Restos humanos que no eran de Sylvie. No eran de Sylvie. No era Sylvie»—. En otros lugares, encontraron esqueletos en la playa. Porque la viruela ya había llegado.

En la cola para firmar después de la charla de esa noche, mientras escribía su nombre una y otra vez, los pensamientos de Olive siguieron derivando hacia el desastre. «Para Xander, con mis mejores deseos, de Olive Llewellyn». «Para Claudio, con mis mejores deseos, de Olive Llewellyn». «Para Sohail, con mis mejores deseos, de Olive Llewellyn». «Para Hyeseung, con mis mejores deseos, de Olive Llewellyn». ¿Va a haber otra pandemia? Un nuevo grupo de casos había surgido en Nueva Zelanda esa mañana.

La habitación del hotel de esa noche era casi entera de color *beige,* con un cuadro de una flor de la Tierra de color rosa con unos pétalos extravagantes (¿una peonía?) sobre la cama.

—Un año antes —dijo Olive a otra multitud, la misma charla, en otra ciudad—, en 1791, un barco comercial, el *Columbia Rediviva,* había navegado por esas mismas aguas. Comerciaban con pieles de nutria marina. —¿Cómo era una nutria de mar? Olive nunca había visto una. Decidió buscarlo más tarde—. Vivieron una experiencia similar. Encontraron una tierra despoblada, donde los pocos supervivientes contaban historias terribles y lucían espantosas cicatrices. «Era evidente que los nativos habían recibido la visita del azote de la humanidad que es la viruela», escribió un miembro de la tripulación, John Boit. Otro marinero, John Hoskins, mostró su indignación: «Europeos infames, un escándalo para el nombre del cristianismo; ¿no sois acaso vosotros quienes venís y dejáis en un país lleno de gente a la que consideráis salvaje las enfermedades más repugnantes?», escribió.

Un sorbo de agua. El público guardó silencio. Un pensamiento pasajero que sintió como un triunfo. «Tengo a la sala en vilo».

—Por supuesto, siempre hay un comienzo. Antes de que se llevase la viruela de Europa a América, la enfermedad tuvo que llegar a Europa.

Esa noche se levantó de la cama y chocó con la mesita, porque tenía en la cabeza la distribución de la habitación de hotel de la noche anterior.

A la mañana siguiente, en un largo viaje entre ciudades, el conductor le preguntó si tenía hijos en casa.

—Tengo una hija —dijo Olive.

—¿Qué edad tiene?

—Cinco.

—¿Qué haces aquí, entonces? —preguntó el conductor.

—Así es como la mantengo —dijo, con la voz contenida. No añadió «vete a la mierda, esa pregunta no se la harías a un hombre», porque, bien pensado, estaban los dos solos en el coche, ese hombre y ella. Miró los árboles que se deslizaban por la ventana; estaban pasando por delante de una reserva forestal. Se imaginó a Sylvie allí, a su lado, se imaginó que, si quisiera, podría alargar la mano y coger su cálida manita.

—¿Creció allí? ¿En las colonias? —preguntó el hombre de sopetón, después de que pasara algo de tiempo. Ya habían hablado de las colonias lunares.

—Sí. Mi abuela fue una de las primeras colonas.

A veces le gustaba imaginar a su abuela, con veinte años, al salir de la Terminal de Aeronaves de Vancouver con la primera luz del amanecer, mientras la nave despegaba en la oscuridad.

—Siempre he querido subir —dijo el conductor—. Nunca he podido.

«Recuerda que tienes suerte de poder viajar. Recuerda que algunas personas nunca salen del planeta». Olive cerró los ojos para imaginar mejor que Sylvie estaba sentada a su lado.

—Hueles bien, por cierto —dijo el conductor.

Las siguientes cuatro habitaciones del hotel eran blancas y grises y tenían una distribución idéntica, porque los cuatro hoteles formaban parte de la misma cadena.

—¿Es la primera vez que se aloja con nosotros? —dijo una mujer de la recepción del tercer o cuarto hotel y Olive no supo qué responder, porque, después de alojarte en un Marriott, ¿no te has alojado en todos?

Otra ciudad:

—Antes de que se llevase la viruela de Europa a América, la enfermedad tuvo que llegar a Europa. —Olive se arrepentía de la decisión de ponerse un jersey. Las luces de Toronto calentaban demasiado—. A mediados del siglo II, los soldados romanos que regresaban del asedio a la ciudad mesopotámica de Seleucia trajeron una nueva enfermedad a la capital.

»Las víctimas de la peste antonina, como llegó a llamarse, desarrollaban fiebres, vómitos y diarrea. Pocos días después, les aparecía una erupción terrible en la piel. La población no tenía ningún tipo de inmunidad. —Olive había pronunciado la charla tantas veces que en ese momento se sentía como una observadora neutral. Escuchaba las palabras y las cadencias desde la distancia.

»Cuando la peste antonina asoló el Imperio romano, el ejército quedó diezmado —explicó al público—. Hubo partes del imperio en las que murió una de cada tres personas. He aquí un dato interesante. Los romanos llegaron a preguntarse si ellos mismos habían provocado aquella calamidad con sus acciones en la ciudad de Seleucia.

Estaba en la habitación del hotel de esa noche, de color *beige* y azul, con algunos toques rosados, cuando Dion la llamó. Eso era inusual; por lo general, ella lo llamaba a él. Parecía cansado. Le dijo que había trabajado muchas horas, que el nuevo proyecto de la universidad era espeluznante y que Sylvie se lo estaba poniendo difícil. Cuando la había recogido del colegio, no había querido irse y había montado una escena, por lo que todo el mundo había sentido pena por él, se lo había notado en sus expresiones amables.

—¿Has visto las noticias sobre esa nueva enfermedad en Australia? —preguntó—. Me tiene un poco preocupado.

—La verdad es que no —dijo Olive—. Para ser sincera, he estado demasiado cansada para pensar.

—Ojalá pudieras volver a casa.

—Pronto lo haré.

Dion se quedó en silencio.

—Tengo que colgar —dijo ella—. Buenas noches.

—Buenas noches —dijo él, y colgó.

—En la ciudad de Seleucia —contó Olive al público en la Biblioteca Mercantil de Cincinnati, un día o dos después—, el ejército romano había destruido el templo de Apolo. Según los escritos del historiador contemporáneo Amiano Marcelino, en el templo, los soldados romanos descubrieron una estrecha grieta. Cuando abrieron más el agujero, con la esperanza de que contuviera objetos de valor, Marcelino escribió que «surgió una pestilencia, cargada con la fuerza de una enfermedad incurable, que contaminó todo el mundo, desde las fronteras de Persia hasta el Rin y la Galia, con el contagio y la muerte».

Un latido. Un sorbo de agua. El ritmo lo es todo.

—Esta explicación tal vez nos parezca un poco tonta ahora, pero en aquellos tiempos se aferraban con rabia a una explicación para la pesadilla que les había tocado vivir y creo que, en su extravagancia, la explicación toca la raíz de nuestro miedo colectivo, que la enfermedad aún conlleva un terrible misterio.

Miró a la multitud y vio, como siempre en ese punto de la charla, una mirada particular en los rostros de algunos de los asistentes, un dolor muy concreto. En todos los públicos, era inevitable que hubiera siempre varias personas que sufrieran de una enfermedad incurable, así como otras que hubieran perdido recientemente a un ser querido a causa de alguna enfermedad.

—¿Le preocupa el nuevo virus? —preguntó Olive a la directora de la biblioteca de Cincinnati. Estaban sentadas juntas en su despacho, que Olive había clasificado nada más verlo como posiblemente su favorito de todos los despachos que había visto. Estaba situado debajo de las estanterías, que tenían cientos de años y eran de hierro forjado.

—Intento que no —dijo la directora—. Espero que al final se quede en nada.

—Es lo que suele pasar —dijo Olive. ¿Era eso cierto? No estaba segura mientras lo decía.

La directora de la biblioteca asintió con la mirada perdida. Estaba claro que no le apetecía hablar de pandemias.

—Déjeme contarle algo magnífico sobre este lugar —dijo.

—Por favor, adelante —dijo Olive—. Hace tiempo que nadie me cuenta nada magnífico.

—Verá, no somos dueños del edificio, pero tenemos un contrato de arrendamiento de diez mil años sobre el espacio —explicó.

—Tiene razón. Eso es magnífico.

—La arrogancia del siglo XIX. Imagine pensar que la civilización seguirá existiendo dentro de diez mil años. Pero eso no es todo. —Se inclinó hacia adelante e hizo una pausa para causar efecto—. El contrato de arrendamiento es renovable.

La ventana de la habitación del hotel de esa noche se podía abrir, lo que, después de una docena de habitaciones con ventanas fijas, le pareció una especie de milagro. Olive pasó un largo rato leyendo una novela junto a la ventana, bajo el hermoso aire fresco.

A la mañana siguiente, al salir de Cincinnati, vio el amanecer desde la sala de espera del aeropuerto. El calor centelleaba sobre el asfalto, el horizonte se proyectaba en rosa. «Paradoja: quiero volver a casa, pero sería feliz viendo los amaneceres de la Tierra para siempre».

—La verdad es que, incluso ahora, todos estos siglos después y a pesar de todos los avances tecnológicos y los conocimientos científicos que poseemos sobre la enfermedad, todavía no sabemos siempre por qué una persona enferma y otra no, o por qué un paciente sobrevive y otro muere —dijo Olive, detrás de un atril en París—. La enfermedad nos asusta porque es caótica. Alberga una terrible aleatoriedad.

En la recepción de esa noche, alguien le tocó el hombro y, cuando se volvió, encontró a Aretta, su publicista de la República Atlántica.

—¡Aretta! —dijo—. ¿Qué haces en París?

—No estoy trabajando —respondió—, pero una de mis mejores amigas trabaja para tu editorial francesa y nos ha conseguido entradas para la charla, así que pensé en pasarme a saludar.

—Me alegro de verte aquí —dijo Olive, y lo decía en serio, pero alguien la apartó para hablar con un grupo de patrocinadores y libreros, así que, durante un rato, se vio envuelta en un círculo de personas que querían saber cuándo saldría su próximo libro, si le gustaba Francia y dónde estaba su familia.

—Debe de tener un marido muy atento —dijo una mujer— para que cuide a su hija mientras hace esto.

—¿Qué quiere decir? —preguntó Olive, aunque por supuesto sabía a qué se refería.

—Bueno, está cuidando de su hija, mientras usted está aquí —repitió la mujer.

—Perdóneme —dijo Olive—. Me temo que hay algún problema con mi bot traductor. He creído entender que mi marido es atento por cuidar de su propia hija. —Al darse la vuelta, se dio cuenta de que estaba rechinando los dientes. Buscó a Aretta, pero no la encontró.

Las siguientes cuatro habitaciones del hotel fueron de color *beige,* azul, *beige* otra vez, y después casi entera blanca, pero las cuatro tenían flores de seda en un jarrón sobre el escritorio.

—¿Cómo es? —preguntó el entrevistador. Le costaba dejar de pensar en la mujer de París, pero Olive lo intentaba. «Sigue adelante». Estaban en un escenario de Tallin. Las luces daban mucho calor.

—¿A qué te refieres?

Era una primera pregunta extraña.

—¿Cómo es escribir un libro de éxito? ¿Qué se siente al ser Olive Llewellyn?

—Ah. La verdad es que es muy surrealista. Escribí tres libros que pasaron desapercibidos y no se distribuyeron más allá de las colonias lunares, y entonces, de repente… Es como entrar en un universo paralelo. Cuando publiqué *Marienbad*, no sé cómo, caí en un extraño mundo al revés donde la gente se lee mi trabajo. Es extraordinario. Espero no acostumbrarme nunca.

El conductor que llevó a Olive al hotel esa noche tenía una voz preciosa y cantaba una canción de *jazz* antigua mientras conducía. Olive abrió la ventanilla del aerodeslizador y cerró los ojos para disfrutar más plenamente de la música y el aire fresco en la cara; durante varios minutos, fue del todo feliz.

—Es increíble cómo el tiempo se ralentiza cuando estoy de viaje —dijo al teléfono con Dion. Estaba tumbada de espaldas en el suelo de otra habitación de hotel, mirando el techo. La cama habría sido más cómoda, pero le dolía la espalda y el suelo duro la ayudaba—. Me siento como si llevara en la carretera seis meses. No sé cómo es que todavía estamos en noviembre.

—Han pasado tres semanas.

—Pues eso he dicho.

La línea se quedó en silencio.

—Mira —dijo Olive—. La cosa es que es posible sentirse agradecida por las circunstancias extraordinarias que estoy viviendo y, al mismo tiempo, echar de menos estar con la gente que quiero.

Sintió que el ambiente entre ambos se ablandaba antes de que él hablara.

—Lo sé, amor —dijo Dion con afecto—. Nosotros también te echamos de menos.

—He estado pensando en tu proyecto. Por qué una universidad necesitaría un pasadizo subterráneo hasta la sede de la policía y...

Pero el dispositivo de Dion empezó a sonar.

—Lo siento, es mi jefe. ¿Hablamos pronto?

—Hablamos pronto.

Cruzaba el Atlántico en una aeronave cuando le vino la respuesta al enigma.

Los equipos de investigación llevaban décadas trabajando en los viajes en el tiempo, tanto en la Tierra como en las colonias. En ese contexto, una universidad para el estudio de la física con un pasadizo subterráneo hasta la policía e innumerables pasadizos al edificio del Gobierno tenía mucho sentido. ¿Qué son los viajes en el tiempo sino un problema de seguridad?

Siguió buscando la canción que el conductor de Tallin había cantado, pero no la encontró. La letra se le escapaba. Hacía búsquedas de términos en su dispositivo (amor, lluvia, muerte, dinero, letra, canción), pero no conseguía nada.

En Lyon, en un festival dedicado a la ficción de misterio, la publicista francesa de Olive la llevó a una sala de prensa donde una entrevistadora, una mujer que trabajaba para una revista, programaba un conjunto de cámaras holográficas.

—Olive —la saludó—. Me encanta tu trabajo.

—Gracias, es muy agradable escucharlo.

—¿Quieres sentarte, por favor?

Olive se sentó. Un asistente le colocó un micrófono en la camisa.

—Este es un largometraje que estoy haciendo con todos los autores del festival —dijo la entrevistadora—. Un breve reportaje. Una cosilla divertida para el público.

—Divertida, ¿eh? —Olive se preocupó. Su publicista francesa le lanzó una mirada de alarma a la entrevistadora.

—¿Empezamos?

—Claro. —Diez cámaras holográficas flotaban en el aire y rodeaban a Olive como un anillo de estrellas para construir su imagen combinada.

—Verás, las preguntas tienen un enfoque misterioso —dijo la entrevistadora.

—Porque estamos en un festival de misterio —respondió Olive.

—Exacto. Bien. Primera pregunta, ¿cuál es tu coartada favorita?

—¿Mi coartada favorita?

—Sí.

—La verdad es que no… Me limito a decir que tengo otros planes. Cuando no quiero hacer algo.

—Tengo entendido que estás casada con un hombre —siguió la entrevistadora—. Cuando conociste a tu marido, ¿cuál fue la primera pista de que lo amabas?

—Supongo que tuve una especie de sensación de reconocimiento, si eso tiene sentido. Recuerdo que la primera vez que lo vi, lo miré y supe que sería importante en mi vida. ¿Eso contaría como una pista?

—¿Cuál es tu idea del asesinato perfecto?

—Recuerdo haber leído una vez una historia en la que apuñalaban a un tipo con un carámbano —meditó Olive—. Supongo que sería bastante perfecto, un crimen en el que el arma homicida se derrite. Perdona, quisiera preguntarte si alguna pregunta tiene algo que ver con mi trabajo.

—Solo queda una más. Bien, última pregunta. ¿Sexo con o sin esposas?

Olive se quitó el micrófono de la camisa mientras se levantaba. Lo dejó con cuidado en la silla.

—Sin comentarios —dijo y salió de la sala antes de que la entrevistadora llegara a ver las lágrimas en sus ojos.

En Shanghái, pasó un total de tres horas hablando de sí misma y de su libro, lo que supuso hablar del fin del mundo mientras intentaba no imaginar que el mundo se acababa con su hija en él. Luego regresó al hotel, donde notó en el pasillo que le costaba caminar en línea recta. Nunca bebía, pero la embriaguez y el cansancio se parecen a veces. Olive recorrió el pasillo y entró a trompicones en la habitación. Cerró la puerta tras ella y se quedó ahí de pie durante mucho tiempo, con la frente apoyada en la fría pared encima del interruptor de la luz. Después de un rato, oyó su propia voz repetir una y otra vez: «Es demasiado. Es demasiado. Es demasiado».

—Olive —dijo en voz baja el sistema de IA de la habitación, cuando ya había pasado algún tiempo—. ¿Necesitas asistencia?

Como no respondió, repitió la pregunta en mandarín y cantonés.

—Olive, esto es muy aleatorio, pero fui la niñera de tu agente —le dijo una mujer en una cola de firmas en Singapur al día siguiente.

—¿Qué mensaje querías que los lectores sacasen de *Marienbad?* —preguntó otro entrevistador.

Estaban juntos en un escenario de Tokio. El entrevistador era un holograma, porque por razones personales no especificadas no había podido salir de Nairobi. Olive sospechaba que la razón personal era la enfermedad; el hombre se congelaba continuamente, pero el sonido no tenía ningún retraso, lo que significaba que no se congelaba debido a una mala conexión, sino que lo hacía porque no dejaba de pulsar el botón de desconexión de su panel.

—Solo pretendía escribir un libro interesante —dijo Olive—. No hay ningún mensaje.

—¿Seguro? —preguntó el entrevistador.

—¿Firmarías un libro usado? —preguntó una mujer de la cola.

—Por supuesto, me encantaría.

—Y —dijo la mujer—, ¿esta es tu letra?

Alguien, que no era Olive, ya había escrito en el ejemplar de *Marienbad* de la mujer: «Harold, me lo pasé muy bien anoche. Besos, Olive Llewellyn».

Olive se quedó mirando el mensaje y sintió un poco de vértigo.

—No —dijo—. No sé quién ha escrito eso.

Durante los días siguientes, se distrajo pensando en una Olive en la sombra que se movía por el territorio, en una especie de gira paralela, mientras escribía mensajes poco habituales en sus libros.

En Ciudad del Cabo, Olive conoció a un autor que llevaba año y medio de gira con su marido al servicio de un libro que había vendido muchísimos más ejemplares que *Marienbad*.

—Queremos comprobar cuánto tiempo podemos viajar hasta que no nos quede otra que volver a casa —dijo el autor. Se llamaba Ibby, diminutivo de Ibrahim, y su marido, Jack. Los tres estaban al atardecer sentados en la terraza de la azotea del hotel, que estaba llena de autores que asistían a un festival literario.

—¿Intentáis evitar ir a casa? —preguntó Olive—. ¿O es solo que os gusta viajar?

—Ambas cosas —dijo Jack—. Me gusta estar en la carretera.

—Y nuestro piso es mediocre —dijo Ibby—, pero todavía no hemos decidido qué hacer al respecto. ¿Mudarnos? ¿Redecorar? Todo vale.

Había decenas de árboles allí arriba, en enormes jardineras, con lucecitas que brillaban en las ramas. En alguna parte, sonaba música, un cuarteto de cuerda. Olive llevaba su vestido elegante para las giras, que era plateado y le llegaba hasta los tobillos. «Este es un momento de *glamour*», pensó Olive y lo archivó con cuidado para recurrir a él como sustento más adelante. La brisa arrastraba un aroma a jazmín.

—Hoy he oído buenas noticias —dijo Jack.

—Cuéntame —dijo Ibby—. Llevo todo el día atrapado en una especie de túnel de festival literario. Apagón informativo involuntario.

—Acaban de comenzar a construir la primera de las Colonias Lejanas —dijo Jack.

Olive sonrió y estuvo a punto de hablar, pero se quedó un instante sin palabras. La planificación de las Colonias Lejanas había comenzado cuando sus abuelos eran niños. Pensó que siempre recordaría ese momento, esa fiesta, esas personas que le caían bien y que tal vez nunca volvería a ver. Podría decirle a Sylvie dónde estaba cuando se enteró de la noticia. ¿Cuándo había sido la última vez que había experimentado verdadero asombro? Hacía mucho. La felicidad la inundó y alzó la copa.

—Por Alfa Centauri —dijo.

En Buenos Aires, Olive conoció a una mujer que quería enseñarle un tatuaje.

—Espero que no sea raro —dijo y se subió la manga para revelar una cita del libro. «Sabíamos que iba a pasar», en una hermosa letra cursiva en el hombro izquierdo.

A Olive se le cortó la respiración. No era solo una frase de *Marienbad,* era un tatuaje del libro. En la segunda mitad de la novela, su personaje Gaspery-Jacques llevaba esa frase tatuada en el brazo izquierdo. Escribes un libro con un tatuaje ficticio y luego el tatuaje se vuelve real en el mundo; después de eso casi todo parece posible. Ya había visto cinco de esos tatuajes, pero no por ello era menos extraordinario, ver cómo la ficción a veces se infiltra en el mundo y deja una marca en la piel de alguien.

—Es increíble —dijo en voz baja—. Me fascina ver el tatuaje en el mundo real.

—Es mi frase favorita del libro —dijo la mujer—. Es cierto en muchos sentidos, ¿no crees?

¿No parece todo obvio en retrospectiva? Un atardecer azul sobre las praderas, mientras planeaba hacia la República de Dakota en una aeronave de baja altura. Olive miraba por la ventana e intentaba encontrar un poco de paz en el paisaje. Había recibido una invitación para un festival en Titán. No había estado desde que era niña y solo conservaba algunos vagos recuerdos de las multitudes en el Delfinario, de unas palomitas de maíz insípidas y de la cálida bruma amarillenta del cielo diurno. Había estado en una de las llamadas colonias realistas, uno de los puestos de avanzada cuyos colonos se habían decidido por las cúpulas transparentes para experimentar los verdaderos colores de la atmósfera de Titán. Recordaba también unas modas extrañas, una cosa que hacían todos los adolescentes y que consistía en pintarse la cara como si fueran píxeles, grandes cuadrados de color que se suponía que derrotarían a los *software* de reconocimiento facial, pero que tenían el efecto secundario de hacer que parecieran payasos desquiciados. ¿Debería ir a Titán? «Quiero ir a casa». ¿Dónde estaba Sylvie en ese momento? «Sin embargo, esto es más fácil que tener un trabajo asalariado, recuerda eso».

—Recuerdo haber leído en alguna parte que el título de tu primer libro surgió en realidad del último trabajo asalariado que tuviste —dijo un entrevistador.

—Así es —dijo Olive—. Se me ocurrió un día en el trabajo.

—Tu primera novela fue, por supuesto, *Estrellas acuáticas con purpurina dorada*. ¿Me hablas un poco de ese título?

—Claro, sí. Trabajaba entrenando IAs. Ya sabes, corregía las interpretaciones raras de los robots de traducción. Recuerdo pasarme horas en aquella oficina pequeña y estrecha...

—¿Esto fue en la Colonia Dos?

—Sí, en la Colonia Dos. Mi trabajo consistía en pasarme allí metida todo el día mientras reescribía frases desacertadas.

Pero hubo una que me dejó de piedra, porque, aunque fuera torpe y estuviera plagada de errores, me encantó. —Olive había contado aquella historia tantas veces que era como recitar las líneas de una obra de teatro—. Era la descripción de unas velas votivas, con pequeños poemas en los portavelas. La descripción se había traducido como «siete motivos para el verso» o algo así, y luego, una de las descripciones de las velas era «estrellas acuáticas con purpurina dorada». La belleza de esas frases me dejó helada, no sé explicarlo.

«Me dejó helada». Dos días después, estaba en un panel con otra escritora en un festival en la ciudad-Estado de Los Ángeles y la implicación de la frase se le vino a la cabeza. ¿Qué te paraliza y te deja helada? La muerte, por supuesto. Olive no se podía creer que nunca lo hubiera pensado.

Los Ángeles se encontraba bajo una cúpula, pero aun así la luz que entraba por las ventanas era cegadora. Eso significaba que no veía al público, lo cual, la verdad, era ideal. Todas esas caras mirándola. Bueno, no solo a ella. La otra escritora se llamaba Jessica Marley y Olive se alegraba de que la acompañara, aunque en realidad no le cayera demasiado bien. A Jessica le ofendía todo, lo cual es inevitable cuando te mueves por el mundo en busca de ofensas.

—Verás, algunos no tenemos un doctorado en Literatura, Jim —dijo Jessica al entrevistador, en respuesta a una provocación imperceptible. La mirada del hombre reflejó los pensamientos de Olive en ese momento: «Vaya, la cosa se ha puesto intensa». Pero entonces alguien del público se levantó con una pregunta sobre *Marienbad*. Casi todas las preguntas eran sobre *Marienbad*, lo cual era incómodo, porque Jessica también estaba allí, con su libro sobre crecer en las colonias lunares. Olive fingió que no había leído *Luna/Crecimiento*, porque lo había odiado. Ella había vivido la realidad, y no era tan poética como el libro de Jessica sugería. Crecer en una colonia lunar estaba bien. No era ni genial ni distópico. Era una casita en un agradable barrio de calles arboladas, una escuela pública buena aunque no extraordinaria, una vida a una temperatura constante de entre 15 y 22 grados centígrados bajo una cúpula con una iluminación cuidadosamente calibrada y lluvias programadas. No había crecido «añorando la Tierra» ni había sentido su vida como un «desplazamiento continuado», gracias.

—Quería preguntarle a Olive por la muerte del profeta en *Marienbad* —dijo el hombre del público. Jessica suspiró y se desplomó un poco en la silla—. Podría haber sido un momento épico, pero decidiste convertirlo en un acontecimiento relativamente pequeño y anticlimático.

—¿De verdad? Para mí fue todo un clímax —dijo Olive, con la mayor suavidad posible.

Él sonrió para seguirle la corriente.

—Pero elegiste que fuese algo pequeño, casi intrascendente, cuando podría haber sido cinematográfico, enorme. ¿Por qué?

Jessica se irguió, excitada por la posibilidad del enfrentamiento.

—Bueno —dijo Olive—, supongo que cada uno tiene una idea diferente de lo que constituye un gran momento.

—Eres una maestra de la evasión —murmuró Jessica, sin mirarla—. Eres como una *ninja* evasiva.

—Gracias —respondió Olive, aunque sabía que no era un cumplido.

—Pasemos a la siguiente pregunta —dijo el entrevistador.

—¿Sabes en qué frase no dejo de pensar? —preguntó un poeta, en un panel diferente, en un festival en Copenhague—. «Recoges lo que siembras». Porque nunca es una buena cosecha. Nunca significa que has sido buena persona y ahora vas a recoger una gran cosecha. Nunca es una buena cosecha. Siempre es mala.

Algunas risas y aplausos. Un hombre del público tuvo un ataque de tos. Se marchó a toda prisa, agachado en señal de disculpa. Olive escribió «mala cosecha» en el margen de su programa del festival.

¿La muerte del profeta en *Marienbad* era demasiado anticlimática? Parecía posible. Olive estaba sola en el bar de un hotel cercano al festival de Copenhague, bebiendo té y comiendo una ensalada marchita con demasiado queso. Por un lado, la muerte del profeta era dramática, después de todo le habían disparado en la cabeza, pero tal vez debería haber algún tipo de escena de lucha, tal vez la muerte era en verdad demasiado casual, teniendo en cuenta cómo pasó de tener una salud perfecta a morir en el transcurso de un párrafo y la historia siguió avanzando sin él…

—¿Quiere algo más? —preguntó el camarero.

—Solo la cuenta, por favor —dijo Olive.

Por otro lado, ¿acaso no es así la vida? ¿La mayoría no morimos de forma anticlimática, sin que casi nadie se dé cuenta de nuestra muerte, sin que se convierta en un punto clave en la historia de las personas que nos rodean? Aunque, por supuesto, *Marienbad* era ficción, por lo que la realidad no era relevante para el tema en cuestión, y tal vez la muerte del profeta sí que era un error. Olive sostuvo el bolígrafo encima de la cuenta, pero tenía un problema: se le había olvidado el número de su habitación. Tuvo que ir a la recepción para pedirlo.

—Ocurre más a menudo de lo que imagina —dijo el empleado de la recepción.

A la mañana siguiente, en la terminal de aeronaves, se sentó junto a un hombre de negocios que quería hablarle de su trabajo, que tenía que ver con la detección de acero falsificado. Olive escuchó durante mucho tiempo, porque el monólogo la distrajo de lo mucho que echaba de menos a Sylvie.

—¿Y a qué te dedicas? —preguntó por fin el otro viajero.

—Escribo libros —dijo Olive.

—¿Para niños? —preguntó él.

Cuando Olive regresó a la República Atlántica, volver a ver a su publicista de allí fue como reencontrarse con una vieja amiga. Se sentó al lado de Aretta en una cena para libreros en Jersey City.

—¿Cómo te ha ido desde la última vez que te vi? —preguntó Aretta.

—Bien —dijo Olive—. Todo bien. No tengo ninguna queja. —Entonces, como estaba cansada y ya conocía un poco a Aretta, rompió su regla de no revelar nunca nada personal, y dijo—: Solo que es mucha gente.

Aretta sonrió.

—Se supone que los publicistas no son tímidos —dijo—, pero a veces me siento un poco abrumada en estas cenas.

—Yo también —reconoció Olive—. Se me cansa la cara.

La habitación de hotel de esa noche era blanca y azul. El mayor problema de estar lejos de su marido y de su hija era que sentía cada habitación más vacía que la anterior.

La última entrevista de la gira fue la tarde siguiente en Filadelfia, donde Olive se reunió con un hombre que llevaba un traje oscuro y tenía su edad, o un poco menos, en una bonita sala de reuniones de un hotel. La sala estaba en un piso alto y tenía una pared de cristal; la ciudad se extendía bajo ellos.

—Aquí estamos —dijo Aretta con alegría—. Olive, este es Gaspery Roberts, de la revista *Contingencias*. Tengo que hacer un par de llamadas rápidas, así que os dejo.

Se retiró. Olive y el entrevistador se sentaron en unas sillas de terciopelo verde a juego.

—Gracias por quedar conmigo —dijo el hombre.

—Es un placer. ¿Te importa si te pregunto por tu nombre? Creo que nunca había conocido a ningún Gaspery.

—Pues eso no es lo más raro —dijo—. Mi nombre de pila es en realidad Gaspery-Jacques.

—¿En serio? Creía que me había inventado el nombre para el personaje de *Marienbad*.

Sonrió.

—Mi madre alucinó cuando leyó el nombre en el libro. Ella también creía que se lo había inventado.

—A lo mejor me lo encontré en alguna parte y no lo recordaba con claridad.

—Todo es posible. A veces cuesta saber todo lo que sabemos, ¿no? —Tenía una forma de hablar suave que a Olive le gustaba y un ligero acento que no sabía ubicar—. ¿Has tenido entrevistas todo el día?

—La mitad. Eres la quinta.

—Uf. Seré breve, entonces. Me gustaría preguntarte sobre una escena específica de *Marienbad,* si puedo.

—Claro, adelante.

—La escena del puerto espacial —dijo—. Donde Willis oye el violín y es… transportado.

—Es un pasaje extraño —afirmó Olive—. Me hacen muchas preguntas al respecto.

—Me gustaría preguntarte algo. —Gaspery dudó—. Tal vez suene un poco… No quiero ser cotilla. Pero ¿es posible que haya algún atisbo de…? Me preguntaba si esa parte del libro se había inspirado en una experiencia personal.

—Nunca me ha interesado la autoficción —dijo Olive, pero le costó mirarlo a los ojos. Siempre la había tranquilizado mirarse las manos entrelazadas, aunque no sabía si era por las manos o la camisa, los impecables puños blancos. La ropa es una armadura.

—Verás, no quiero incomodarte ni ponerte en un aprieto. Pero siento curiosidad por saber si has experimentado algo raro en la terminal de aeronaves de Oklahoma City.

En el silencio, Olive oía el suave zumbido del edificio, los sonidos de la ventilación y la fontanería. Tal vez no lo habría admitido si él no la hubiera sorprendido hacia el final de la gira, si no hubiera estado tan cansada.

—No me importa hablar de ello —dijo—, pero me temo que pareceré demasiado excéntrica si se incluye en la versión final de la entrevista. ¿Podríamos dejar de grabar un momento?

—Sí —dijo él.

4

MALA COSECHA/

2401

1

«Ninguna estrella arde para siempre». Se puede decir «es el fin del mundo» y decirlo en serio, pero lo que se pierde en ese tipo de uso descuidado de la expresión es que el mundo se va a acabar de forma literal en algún momento. No la «civilización», sea lo que sea, sino el planeta en sí.

Lo que no quiere decir que esos pequeños finales no sean devastadores. Un año antes de empezar mi formación en el Instituto del Tiempo, acudí a una cena en casa de mi amigo Ephrem. Acababa de volver de unas vacaciones en la Tierra y contaba que había ido a pasear por un cementerio con su hija Meiying, que entonces tenía cuatro años. Ephrem era arbolista. Le gustaba ir a los cementerios antiguos a mirar los árboles. Pero entonces encontraron la tumba de otra niña de cuatro años, me contó, y después de eso solo quería irse. Estaba acostumbrado a los cementerios; los buscaba y siempre había dicho que no le parecían deprimentes, sino tranquilos, pero esa tumba le afectó. La miró y sintió una tristeza insoportable. Además, era un día de verano terrestre del peor tipo, con una humedad insoportable, y sintió que no le entraba el aire en los pulmones. El zumbido de las cigarras era opresivo. El sudor le corría por la espalda. Le dijo a su hija que era hora de irse, pero ella se quedó un momento junto a la lápida.

—Si sus padres la querían, se habrían sentido como si se acabara el mundo —dijo Meiying.

Fue una observación astuta e inquietante, me comentó Ephrem, que se quedó mirándola y se encontró pensando:

«¿De dónde has salido?». Les costó salir del cementerio. «Quiso pararse a inspeccionar cada puñetera flor y piña», me dijo. Nunca volvieron.

Esos son los mundos que terminan en nuestro día a día, los niños que mueren, las pérdidas devastadoras, pero, cuando la Tierra llegue a su fin, la devastación será real, literal; de ahí las colonias. La primera colonia en la Luna se concibió como un prototipo, un ensayo para establecer una presencia en otros sistemas solares en los próximos siglos.

—Porque tendremos que hacerlo —dijo la presidenta de China en la conferencia de prensa en la que se anunció la construcción de la primera colonia—. En algún momento, queramos o no, a menos que deseemos que toda la historia y los logros de la humanidad sean absorbidos por una supernova dentro de algunos millones de años.

Vi las imágenes de aquella rueda de prensa en el despacho de mi hermana Zoey, trescientos años después de los hechos. La presidenta detrás del atril, con sus ministros alrededor y una multitud de periodistas debajo del escenario. Uno levantó la mano:

—¿Estamos seguros de que será una supernova?

—Por supuesto que no —aclaró la presidenta—. Podría ser cualquier cosa. Un planeta fuera de órbita, una tormenta de asteroides, lo que sea. La cuestión es que estamos orbitando una estrella, y todas las estrellas acaban muriendo.

—Pero si la estrella muere, entonces la luna de la Tierra se irá con ella —le dije a Zoey.

—Claro —respondió—, pero solo somos el prototipo, Gaspery. Solo somos una prueba del concepto. Las Colonias Lejanas están pobladas desde hace ciento ochenta años.

2

La primera colonia lunar se construyó en las silenciosas llanuras del Mar de la Tranquilidad, cerca de donde los astronautas del Apolo 11 habían aterrizado en un siglo lejano. Su bandera seguía allí, en la distancia, una pequeña y frágil estatua en la superficie sin viento.

Había un gran interés por la inmigración a la colonia. La Tierra estaba abarrotada por aquel entonces y muchas zonas habían quedado inhabitables a causa de las inundaciones o el calor. Los arquitectos de la colonia habían reservado un espacio para un importante desarrollo residencial, que se agotó rápidamente. Los promotores lucharon por conseguir una segunda colonia cuando se quedaron sin espacio en la Colonia Uno, pero la Colonia Dos se construyó con demasiada prisa y, al cabo de un siglo, el sistema de iluminación de la cúpula principal falló. Tenía que imitar el aspecto del cielo que se veía desde la Tierra, era agradable mirar arriba y ver el azul, en lugar de mirar al vacío, pero, cuando falló, ya no hubo falsa atmósfera, ni más pixelaciones cambiantes para simular las nubes, ni más amaneceres ni atardeceres cuidadosamente calibrados, ni más azul. Lo cual no quiere decir que no hubiera luz, sino que era extremadamente sobrenatural; en un día luminoso, los colonos miraban al espacio. La yuxtaposición de la oscuridad total con la luz cegadora provocó mareos en algunas personas, aunque es debatible si el motivo fue físico o psicológico. Lo más grave es que el fallo de la iluminación de la cúpula eliminó la ilusión del día de veinticuatro horas de duración. Desde entonces, el sol salía de repente y pasaba dos semanas en el cielo, tras lo cual venían dos semanas seguidas de noche.

El coste de las reparaciones se consideró prohibitivo. Se llevó a cabo una adaptación, hasta cierto grado; las ventanas de las habitaciones se equiparon con contraventanas, para que la gente pudiera dormir durante las noches en las que había sol, y se mejoró el alumbrado público para los días sin luz solar. No obstante, el valor de las propiedades cayó y la mayoría de la gente que podía permitírselo se trasladó a la Colonia Uno o a la recién terminada Colonia Tres. La «Colonia Dos» desapareció del lenguaje común; todo el mundo la llamaba la Ciudad Nocturna, el lugar donde el cielo estaba siempre negro.

Yo crecí en la Ciudad Nocturna. De camino a la escuela, pasaba por delante de la casa de la infancia de Olive Llewellyn, una autora que había caminado por aquellas mismas calles doscientos años antes, no mucho después que los primeros pobladores de la Luna. Era una casita en una calle arbolada y sabía que había sido bonita en su día, pero el barrio había decaído mucho desde que Olive Llewellyn había sido una niña. La casa era una ruina, con la mitad de las ventanas tapadas y grafitis por todas partes, pero la placa junto a la puerta principal seguía en su sitio. No le presté atención a la casa hasta que mi madre me dijo que me había puesto el nombre de un personaje secundario de *Marienbad,* el libro más famoso de Llewellyn. No lo leí, porque no me gustaba leer, pero mi hermana Zoey sí lo hizo y me informó de que el Gaspery-Jacques del libro no se parecía en nada a mí.

Decidí no preguntarle qué quería decir. Yo tenía once años cuando lo leyó, por lo que ella tendría trece o catorce. Para entonces, ya era una persona seria y decidida que sin duda iba a sobresalir en todo lo que intentara, mientras que a los once años yo ya empezaba a sospechar que tal vez no fuera exactamente el tipo de persona que quería ser, por lo que habría sido horrible que me dijera que el otro Gaspery-Jacques era, por ejemplo, increíblemente guapo e impresionante en todos los sentidos, que estaba muy concentrado en sus tareas escolares y nunca cometía pequeños robos. No obstante, empecé a observar en secreto la casa de la infancia de Olive Llewellyn con cierto respeto. Sentía un vínculo con ella.

Allí vivía una familia, un niño, una niña y sus padres, personas pálidas y de aspecto miserable que poseían el extraño talento de transmitir la impresión de que no tramaban nada bueno. Toda la familia tenía un aire de haberse echado a perder. Se apellidaban Anderson. Los padres pasaban mucho tiempo en el porche, discutiendo en voz baja o mirando al vacío. El niño era arisco y se metía en peleas en el colegio. A la niña, que tenía más o menos mi edad, le gustaba jugar con un holograma en el patio delantero, un holograma espejo anticuado que a veces bailaba con ella. Esos eran los únicos momentos en los que veía a la niña de los Anderson sonreír cerca de su casa; cuando giraba y saltaba y su doble holográfico también giraba y saltaba.

Cuando tenía doce años, la chica de los Anderson iba a la misma clase que yo, así que me enteré de que se llamaba Talia. ¿Quién era Talia Anderson? Le encantaba dibujar. Hacía volteretas en el campo. Parecía mucho más feliz en la escuela que en casa.

—Te conozco —me dijo con brusquedad un día, cuando estábamos juntos en la cola de la cafetería—. Siempre pasas por delante de mi casa.

—Me pilla de camino —dije.

—¿De camino adónde?

—Pues a todas partes. Vivo al final de la calle sin salida.

—Lo sé —dijo ella.

—¿Cómo sabes dónde vivo?

—Yo también paso por tu casa —respondió—. Atravieso el césped de tus vecinos para llegar a la Periferia.

Al final de nuestro jardín había una pantalla de hojas. Si las atravesabas, llegabas a la carretera de la Periferia, que rodeaba el interior de la cúpula de la Ciudad Nocturna. Al otro lado de la carretera había una zona extraña y agreste, de no más de quince metros de profundidad, una franja de naturaleza salvaje entre la carretera y la cúpula. Matorrales, polvo, plantas perdidas, basura. Era un lugar olvidado. A nuestra madre no le gustaba que jugáramos allí, así que Zoey nunca se aventuraba a cruzar la carretera de la Periferia, porque siempre hacía lo que le decían, lo que me sacaba de quicio. Sin embargo, a mí me gustaba el carácter indómito del lugar y la leve sensación de peligro inherente a un reino olvidado. Aquel día, después del colegio, crucé la carretera vacía por primera vez en varias semanas y me quedé un rato con las manos pegadas a la cúpula, mirando al exterior. El cristal compuesto era tan grueso que todo lo que había al otro lado parecía un sueño, distante de una manera amortiguada, pero se distinguían cráteres aquí y allá, meteoros, tonos de grises. La cúpula opaca de la Colonia Uno brillaba en la distancia cercana. Me pregunté qué pensaría Talia Anderson cuando contemplaba el paisaje lunar.

Talia Anderson se cambió de colegio y se marchó del barrio a mitad de curso. No volví a verla hasta la mitad de la treintena, cuando ambos trabajábamos en el Hotel Grand Luna de la Colonia Uno.

Empecé a trabajar en el hotel un mes después de la muerte de mi madre. Había estado enferma durante mucho tiempo, años, y al final Zoey y yo casi vivíamos en el hospital. La última semana pasamos allí todos los días y todas las noches, compañeros en el agotamiento mientras hacíamos guardia y nuestra madre murmuraba y dormía. La muerte era inminente y lo siguió siendo durante mucho más tiempo del que los médicos habían predicho. Nuestra madre había trabajado en la oficina de correos desde que éramos muy pequeños, pero en sus últimas horas creía estar de nuevo en un laboratorio de física para un trabajo postdoctoral y murmuraba de forma confusa sobre ecuaciones y la hipótesis de la simulación.

—¿Entiendes lo que dice? —le pregunté a Zoey en un momento dado.

—Casi todo —dijo. En ese momento, estaba sentada junto a la cama con los ojos cerrados, escuchando las palabras de nuestra madre como si escuchara música.

—¿Me lo explicas? —Era como estar en la puerta de un club secreto, con la nariz pegada al cristal.

—¿La hipótesis de la simulación? Claro. —No abrió los ojos—. Piensa en cómo han evolucionado los hologramas y la realidad virtual, incluso solo en los últimos años. Si en la actualidad somos capaces de crear simulaciones bastante convincentes de la realidad, imagina cómo serán esas simulaciones dentro de uno o dos siglos. La idea de la que parte la hipótesis de la simulación es que no podemos descartar la posibilidad de que toda la realidad sea una simulación.

Llevaba dos días despierto y me sentía como si estuviera soñando.

—Pero si vivimos en un ordenador, ¿de quién es el ordenador?

—Quién sabe. ¿Los humanos de unos cientos de años en el futuro? ¿Una inteligencia alienígena? No es una teoría dominante, pero surge de vez en cuando en el Instituto del Tiempo. —Abrió los ojos—. Mierda, finge que no he dicho eso. Estoy cansada. No debería haberlo dicho.

—¿Fingir que no has dicho qué?

—La parte del Instituto del Tiempo.

—Vale —dije y volvió a cerrar los ojos. Yo hice lo mismo. Nuestra madre había dejado de murmurar y solo se escuchaban sus respiraciones entrecortadas, demasiado espaciadas.

Cuando por fin llegó el final, Zoey y yo estábamos dormidos. Me despertó en la apagada luz gris de la madrugada y nos quedamos sentados mucho tiempo en silencio, en reverencia, ante la figura inmóvil de nuestra madre en la cama. Nos ocupamos de las formalidades, nos despedimos con un abrazo y tomamos caminos distintos. Volví a casa, a mi diminuto apartamento, y pasaron varios días en los que solo hablé con mi gato. Vino el funeral y luego más quietud. Necesitaba encontrar trabajo; llevaba tiempo sin él y se me estaban acabando los ahorros, así que un mes después del funeral me encontré en el despacho de una funcionaria de recursos humanos en el sótano de un hotel, una mujer de aspecto vagamente familiar y pelo rubio, para aceptar un puesto que se había anunciado como «detective de hotel», pero cuyos parámetros exactos no estaban claros.

—Si soy del todo sincero, no tengo muy claro lo que implica un puesto de detective de hotel —dije.

—Consiste simplemente en ocuparse de la seguridad del hotel —explicó. Me di cuenta de que se me había olvidado su nombre. ¿Natalie? ¿Natasha?—. El nombre del puesto no fue idea mía. No serás un detective de verdad. Solo una presencia de seguridad, por así decirlo.

—Quiero asegurarme de que no lo he interpretado mal —dije—. Dejé los estudios a pocos meses de sacarme el título en justicia penal.

—¿Me permites ser sincera, Gaspery?

Sin duda, tenía algo familiar.

—Por favor.

—Tu trabajo no consiste más que en prestar atención a lo que ocurre a tu alrededor y llamar a la policía si ves algo sospechoso.

—Eso puedo hacerlo.

—No te veo muy convencido —dijo ella.

—No dudo por mí. Es decir, no dudo de que sabría hacerlo. Es solo que, ¿no es un trabajo que podría hacer cualquiera?

—Te sorprenderías. Lo difícil es encontrar a alguien con capacidad de atención —explicó—. La distracción es un problema, en general. ¿Recuerdas el test que tuviste que hacer en la primera entrevista?

—Claro.

—Era para medir tu nivel de atención. Sacaste una puntuación alta. ¿Estás de acuerdo con los resultados de la prueba? ¿Sabes prestar atención?

—Sí —dije.

Me alegré al decirlo, porque nunca me había visto a mí mismo de esta manera, pero sentí que había estado prestando atención toda mi vida. No había triunfado en muchas cosas, pero siempre se me había dado bien observar. Así fue como me di cuenta de que mi exmujer se había enamorado de otro hombre, prestando atención. No había pistas obvias, solo un cambio sutil, pero la trabajadora de recursos humanos estaba hablando de nuevo, así que me alejé del pasado.

—Espera —dije—. Te conozco.

—¿De antes de esta reunión, quieres decir?

—Talia.

Algo cambió en su rostro. Una máscara cayó. Su voz era diferente cuando volvió a hablar, menos encantada con el mundo.

—Ahora me llamo Natalia, pero sí. —Se quedó callada un momento, mirándome—. Fuimos juntos a la escuela, ¿verdad?

—El chico del final de la calle —dije y, por primera vez en la entrevista, me dedicó una sonrisa genuina.

—Solía pasarme horas en la Periferia —dijo—. Mirando a través del cristal.

—¿Has vuelto alguna vez? ¿A la Ciudad Nocturna?

—Nunca.

3

No volver nunca a la Ciudad Nocturna. La frase tenía un ritmo que me gustaba, así que se me metió en la cabeza. Pensé en ella a menudo en las primeras semanas de trabajo, porque el trabajo era aburridísimo. El hotel tenía pretensiones retro, así que llevaba un traje de corte antiguo y un sombrero de forma peculiar llamado fedora. Caminaba por los pasillos y vigilaba el vestíbulo. Prestaba atención a todos y a todo, como se me había ordenado. Siempre me ha gustado observar a los demás, pero la gente de los hoteles resultaba sorprendentemente aburrida. Se registraban al llegar y al irse. Aparecían por el vestíbulo a horas extrañas para pedir café. Iban borrachos o no. Eran hombres de negocios o personas de vacaciones con sus familias. Estaban cansados y agotados de sus viajes. La gente intentaba colar perros. En los primeros seis meses, solo tuve que llamar a la policía una vez, cuando oí a una mujer gritar en una habitación de hotel, y ni siquiera fui yo quien llamó; llamé al encargado de la noche, que llamó a la policía por mí. No estaba allí cuando los técnicos de emergencias se llevaron a la mujer.

El trabajo era tranquilo. Mi mente divagaba. No volver nunca a la Ciudad Nocturna. ¿Cómo había sido la vida de Talia? No muy buena, estaba claro, cualquier idiota se daría cuenta. Algunas familias son mejores que otras. Cuando la suya se mudó de la casa de Olive Llewellyn, otra se instaló, pero me di cuenta de que no era capaz de recordar a esa otra familia más allá de una impresión general de abandono. En el hotel, solo veía a Talia de vez en cuando, al pasar por el vestíbulo para irse a casa.

Por aquel entonces, vivía en un apartamento pequeño y soso en un bloque de otros apartamentos pequeños y sosos en el extremo de la Colonia Uno, lo bastante cerca de la Periferia como para que la cúpula casi rozara el techo del edificio. A veces, en las noches oscuras, me gustaba cruzar la calle hacia la Periferia para mirar la Colonia Dos, que brillaba en la distancia a través del cristal compuesto. Mi vida en aquellos días era tan anodina y limitada como mi casa. Intentaba no pensar demasiado en mi madre. Dormía durante el día. El gato siempre me despertaba a última hora de la tarde. Alrededor de la puesta de sol, tomaba una comida que bien podría llamarse tanto cena como desayuno, me ponía el uniforme y me iba al hotel a mirar a la gente durante siete horas.

Llevaba allí unos seis meses cuando mi hermana cumplió treinta y siete años. Zoey era física en la universidad y su área de especialización tenía algo que ver con la tecnología de la cadena de bloques cuánticos, que nunca fui capaz de entender, aunque ella había hecho varios esfuerzos de buena fe por explicármelo. La llamé para desearle un feliz cumpleaños y me di cuenta, en el instante en el que contestó, de que no la había felicitado por haber conseguido la plaza permanente. ¿Cuándo había sido, hacía un mes? Sentí una punzada familiar de culpa.

—Feliz cumpleaños —dije—. Y enhorabuena, por cierto.

—Gracias, Gaspery.

Nunca les daba importancia a mis olvidos y entendía por qué eso me hacía sentir tan mal. Tener que aceptar que aguantarte requiere cierta generosidad de espíritu por parte de tus seres queridos provoca un dolor específico aunque no muy intenso.

—¿Cómo es?

—¿Tener treinta y siete? —Sonaba cansada.

—No, tener plaza fija. ¿Te sientes diferente?

—Siento estabilidad —dijo.

—Bueno, ¿y qué planes tienes para tu cumpleaños?

Se quedó callada un momento.

—Gaspery, ¿hay alguna posibilidad de que pudieras venir a mi oficina esta noche?

—Claro —dije—. Por supuesto.

¿Cuándo me había pedido que fuera a verla al trabajo? Solo una vez, hacía años, cuando empezó. La universidad no estaba muy lejos de mi casa, pero también era un universo fundamentalmente diferente. ¿Cuándo la había visto por última vez? Me di cuenta de que habían pasado unos meses.

Llamé al trabajo para decir que estaba enfermo y me tumbé un rato en el sofá para disfrutar de la repentina libertad. Marvin, mi gato, se me subió con pesadez en el pecho, donde estiró las patas y se quedó dormido ronroneando. La noche se extendía ante mí, un montón de magníficas horas vacías que brillaban con posibilidades. Aparté a Marvin, me duché y me puse algo de ropa bonita. Pasé por una pastelería para comprar cuatro magdalenas *red velvet,* que esperaba que siguieran siendo las favoritas de Zoey, y a las siete de la tarde el sol se ponía en una mezcla de naranjas y rosas en el lado más lejano de la cúpula. Llevaba un año viviendo en la Colonia Uno y la iluminación de la cúpula todavía me parecía un espectáculo. ¿Serían suficiente las magdalenas? ¿Debería comprar flores? Compré un ramo de unas flores amarillas y poco llamativas y a las siete en punto estaba en la puerta del Instituto del Tiempo. Me quité las gafas oscuras para el escáner de retina y, seis escáneres más tarde, seguía con las gafas en la mano de forma incómoda cuando por fin encontré a Zoey dando vueltas por su despacho. No parecía una mujer que celebrara un cumpleaños. Aceptó las flores con aire distraído y, por la forma en que las dejó sobre la mesa, comprendí que se había olvidado de ellas en el momento en que las había soltado. Me pregunté si alguien la habría dejado, pero la vida romántica de Zoey siempre había sido un tema prohibido.

—Ay, menos mal —dijo cuando le tendí una magdalena—. Me he olvidado de cenar.

—Te noto nerviosa.

—¿Puedo enseñarte algo?

—Claro.

Tocó una discreta consola en la pared del despacho y una proyección llenó la mitad de la habitación. Había un hombre en un escenario, rodeado de voluminosas máquinas antiguas de algún tipo, instrumentos inescrutables. Sobre su cabeza, había una pantalla anticuada, un rectángulo blanco que flotaba en la penumbra. Me pareció que la escena que veíamos era muy vieja.

—Una amiga me envió esto —dijo Zoey—. Trabaja en el departamento de historia del arte.

—¿Quién es? El tipo de la proyección.

—Paul James Smith. Compositor y artista de vídeo del siglo XXI.

Pulsó el *play* y la habitación se llenó de una música de trescientos años de antigüedad de un género vago y cambiante. Ambiental, supuse. No sabía mucho de música, pero la composición de ese tipo me resultaba un poco molesta.

—Bien —dijo—. Ahora fíjate a la pantalla blanca que hay encima.

—¿Qué es lo que busco? Está en blanco.

—Mira.

La pantalla cobró vida. El vídeo se había grabado en un bosque de la Tierra. La calidad era un poco brusca; la persona que grababa iba caminando por un sendero del bosque, hacia un enorme árbol frondoso, alguna especie terrestre que no crecía en las colonias. La música se detuvo y el hombre miró la pantalla que tenía encima, que se oscureció. Hubo una extraña cacofonía de ruidos, las notas de un violín, el murmullo indistinto de una multitud, el silbido hidráulico de una aeronave al despegar, y luego se acabó, el bosque volvió a aparecer y, por un momento, la imagen se volvió loca, como si quien grababa hubiera olvidado que tenía una cámara en la mano. El bosque se desvaneció, pero la música continuó.

—Escucha con atención —dijo Zoey—. Escucha cómo ha cambiado la música. ¿Te has fijado en que las notas de violín del vídeo están también en la música de Smith? ¿Ese mismo motivo, el mismo patrón de cinco notas?

No lo había notado, hasta que lo hice.

—Sí. ¿Por qué es importante?

—Porque significa que… Esa rareza, ese fallo, sea lo que sea, formaba parte de la actuación. No es un problema técnico. —Detuvo la grabación. Parecía preocupada de una manera que no entendía—. Hay más, pero el resto de la actuación no es interesante.

—Me has traído para enseñarme esto —dije, solo para asegurarme.

—Necesito hablarlo con alguien de confianza.

Levantó su dispositivo y oí el sonido del mío para informarme de la entrada de un documento. Me había enviado un libro: *Marienbad,* de Olive Llewellyn.

—La novela favorita de mamá —dije. Pensé en nuestra madre, leyendo en el porche al anochecer.

—¿La has leído, Gaspery?

—Nunca me ha gustado mucho leer.

—Ve al pasaje resaltado y dime si notas algo.

Saltar a la mitad de un libro que nunca había leído fue confuso. Empecé unos párrafos antes del pasaje que ella había resaltado:

Sabíamos que iba a pasar.

Sabíamos que iba a pasar y nos preparamos para ello; al menos eso les dijimos a los niños, y a nosotros mismos, en las décadas que siguieron.

Sabíamos que iba a pasar, pero no nos lo creíamos del todo, así que nos preparamos de forma discreta:
—¿Por qué tenemos toda una balda de pescado en conserva? —preguntó Willis a su marido, que comentó algo vago sobre estar preparados en caso de emergencia.

Por ese antiguo horror, tan irracional que causaba vergüenza pronunciarlo en voz alta. Al decir el nombre de la cosa que temes, ¿es posible que atraigas su atención? Cuesta admitirlo, pero en aquellas primeras semanas éramos imprecisos en cuanto a nuestros temores, porque decir la palabra *pandemia* podría desviarla hacia nosotros.

Sabíamos que iba a pasar y nos despreocupamos. Desviamos el miedo con una bravuconería descuidada. El día que se informó de la existencia de un brote en Vancouver, tres días después de que el primer ministro británico anunciara que el brote inicial en Londres estaba totalmente controlado, Willis y Dov fueron a trabajar como de costumbre, sus hijos Isaac y Sam fueron al colegio, y luego fueron a cenar en su restaurante favorito, que estaba abarrotado esa noche. (En retrospectiva, es casi de película de terror; imagina las nubes de patógenos invisibles a la deriva en el aire, flotando de mesa en mesa, arremolinándose en la estela de los camareros al pasar).

—Si está en Vancouver, está claro que aquí también —le dijo Dov a Willis, que contestó:

—Yo apostaría por ello.

Le rellenó el vaso de agua.

—¿El qué está en Vancouver? —preguntó Isaac. Tenía nueve años.

—Nada —dijeron al unísono, y no sintieron ninguna culpa, porque no lo sintieron como una mentira. Las pandemias no se acercan como las guerras, con el lejano estruendo de la artillería cada vez más fuerte y los destellos de las bombas en el horizonte. En esencia, llegan en retrospectiva. Es desconcertante. La pandemia está lejos y, de pronto, está aquí, sin que parezca que haya habido ningún paso intermedio.

Dov practicaba sus líneas frente al espejo del dormitorio después de que el teatro comunitario cerrara:

—¿Es este el final prometido?

Sabíamos que iba a pasar, pero nos comportamos de forma inconsistente. Acumulamos provisiones, por si acaso, mandamos a nuestros hijos al colegio, porque ¿cómo trabajar con los niños en casa?

(Seguíamos pensando en términos de cumplir en el trabajo. Lo más chocante, en retrospectiva, era hasta qué punto todos nos equivocamos).

—Dios —dijo Willis, unos días antes de que cerraran los colegios, pero después de que empezaran los titulares de las noticias—. Todo esto parece muy retro.

—Lo sé —dijo Dov. Ambos tenían más de cuarenta, es decir, que eran lo bastante mayores como para recordar el Ébola X, pero aquellas sesenta y cuatro semanas de confinamiento se habían desvanecido en la nebulosa provincia de los recuerdos de la infancia, un lapso de tiempo que no era ni horrible ni agradable, meses poblados de dibujos animados y amigos imaginarios. No se podía decir que hubiera sido un año perdido, porque había tenido momentos agradables. Sus padres eran lo bastante competentes en la crianza como para protegerlos del horror, lo que significaba que había sido solitario, pero no insoportable. Hubo muchos helados y tiempo extra con las pantallas. Se alegraron cuando terminó, pero después de unos años no volvieron a pensar mucho en ello.

—¿Qué significa retro? —preguntó Sam.

Mientras Willis miraba a su hijo menor, se le ocurrió la idea, a la que se aferraría después, de que tal vez el colegio no era una gran idea. Sin embargo, el viejo mundo aún no se había esfumado, así que por la mañana preparó los almuerzos de Sam e Isaac y los dejó en la academia, volvió a salir a la brillante luz del sol y tomó un transportador a la terminal de aeronaves. Una mañana cualquiera bajo un inofensivo cielo azul.

En la terminal, se detuvo al escuchar a un músico, un violinista que tocaba por monedas en uno de los cavernosos pasillos de entrada. El violinista era un anciano que tocaba con los ojos cerrados y las monedas se acumulaban en un sombrero junto a sus pies. Tocaba un violín de aspecto antiguo que parecía hecho de madera auténtica y él no era para nada un experto en acústica, pero le pareció que el sonido tenía una cierta calidez. Willis escuchaba la música, la forma en que se elevaba por encima del susurro de la multitud matutina, pero entonces...

... un destello de oscuridad, como un eclipse...

... una fugaz alucinación de un bosque, aire fresco, árboles que se alzan a su alrededor en un día de verano...

... y luego estaba de vuelta en la terminal de aeronaves de Oklahoma City, en el frío blanco del pasillo de entrada oeste, parpadeando y desorientado. «Algo me ha poseído», pensó, pero la explicación le era inadecuada, porque ¿qué lo había poseído? Ese destello de oscuridad, el bosque que se alzaba a su alrededor, ¿qué era eso?

Le vino de golpe: una vida después de la muerte.

La oscuridad era la muerte, se dijo a sí mismo. El bosque era el después.

Willis no creía de verdad en el más allá, pero sí creía en el subconsciente, creía en saber sin saber de manera consciente, y casi sin pensarlo empezó a caminar en la dirección equivocada, alejándose del camino que lo llevaría al trabajo. No sabía adónde iba hasta que se encontró en la puerta del colegio de sus hijos.

—Pero ¿por qué sacas a tus hijos del colegio? —preguntó el director—. He seguido de cerca las noticias, Willis, no hay más que ese brote reducido de casos en Vancouver.

Cerré el archivo y me guardé el dispositivo en el bolsillo, inquieto sin saber explicar por qué.

—¿Lo ves? —preguntó Zoey—. ¿Cómo el vídeo refleja el pasaje del libro?

Sí que lo veía. Una persona que se encuentra en un bosque en el siglo XXI ve un destello de oscuridad y escucha los ruidos de una terminal de aeronaves dos siglos después. Otra que se encuentra en una terminal de aeronaves en el siglo XXIII ve un destello de oscuridad y tiene la abrumadora sensación de estar en un bosque.

—A lo mejor vio el vídeo —sugerí—. Me refiero a Olive Llewellyn. A lo mejor lo vio y lo incluyó en su ficción. —Me sentí satisfecho conmigo mismo por la sugerencia.

—Lo he pensado —dijo Zoey. «Por supuesto que sí». No lo dije en voz alta. Era una gran diferencia entre los dos; Zoey siempre pensaba en todo—. Pero hay algo más. Mi equipo se ha pasado el último mes investigando la región donde creció el compositor y esta tarde hemos encontrado una carta. —Se desplazó por los archivos de su proyección, pero estaba configurada en modo de privacidad, por lo que desde mi ángulo parecía que moviera la mano en el aire—. Aquí —dijo.

Una imagen se encajó en el espacio entre los dos. Era un documento escrito a mano en un alfabeto extranjero.

—¿Qué es esto?

—Creo que puede ser una prueba complementaria. Es una carta —dijo—. De 1912.

—¿Qué alfabeto es? —pregunté.

—¿En serio?

—¿Qué? ¿Debería ser capaz de leerlo? —Miré con más atención y reconocí una palabra. No, dos. Era casi inglés, pero deformado e inclinado; tenía una cierta belleza, pero las letras estaban mal formadas. ¿Una especie de protoinglés?

—Gaspery, es letra manuscrita —dijo.

—No sé qué es eso.

—Vale —dijo, con esa paciencia enloquecedora que había llegado a esperar de su parte—. Déjame cambiar a audio.

Accionó algo en el aire y la voz de un hombre llenó la habitación.

Bert:

Gracias por tu amable carta del 25 de abril, que atravesó el Atlántico y Canadá a paso de tortuga hasta llegar a mis manos esta tarde.

¿Cómo estoy?, me preguntas. La respuesta sincera, hermano, es que no estoy seguro. Esta carta te llega desde una habitación a la luz de las velas en Victoria —me perdonarás, espero, el toque de melodrama, pero creo que me lo he ganado—, donde me alojo en una agradable pensión. He renunciado a toda idea de establecerme en el mundo de los negocios y solo deseo volver a casa, pero este es un exilio cómodo y la remesa cubre mis necesidades diarias.

He vivido un tiempo extraño aquí. No, no es eso. He estado aburrido, por mi culpa, no por la de Canadá, salvo por un extraño interludio en la naturaleza, que intentaré relatar. Había viajado al norte desde Victoria con un viejo amigo de Niall de la escuela, Thomas Maillot, cuyo apellido es muy probable que haya escrito mal. Durante dos o tres días, viajamos hacia el norte por la costa en un pequeño y cuidado barco de vapor, cargado de provisiones, hasta que por fin llegamos a Caiette, un pueblo compuesto por una iglesia, un muelle, una escuela de una sola habitación y un puñado de casas. Thomas continuó hasta un campamento maderero, a poca distancia de la costa. Yo decidí quedarme por el momento en la pensión de Caiette para disfrutar de la belleza del lugar.

Una mañana de principios de septiembre, me aventuré en el bosque, por razones demasiado tediosas para relatarlas, y a los pocos pasos me encontré con un arce. Me detuve un momento para recuperar el aliento y entonces se produjo un incidente que en aquel momento me pareció de origen sobrenatural, pero que, en retrospectiva, considero que debió de ser alguna especie de ataque.

Me encontraba allí, en el bosque, a la luz del sol, y de repente me rodeó la oscuridad, tan bruscamente como una vela que se apaga en una habitación. En la oscuridad oí las notas de un violín, un ruido inescrutable, y me inundó con ello la extraña impresión de hallarme de algún modo fugaz en un interior, en un espacio cavernoso con eco, como una estación de tren. Luego todo acabó y volví al bosque. Fue como si no hubiera pasado nada. Volví tambaleándome a la playa y me entraron unas violentas náuseas sobre las rocas. A la mañana siguiente, preocupado por mi bienestar y decidido a abandonar aquel lugar y regresar a una cierta apariencia de civilización, inicié el viaje de vuelta a la pequeña ciudad de Victoria, donde todavía permanezco.

Tengo una habitación muy adecuada en una pensión junto al puerto y me entretengo con paseos, libros, ajedrez y alguna que otra acuarela. Como sabes, siempre he adorado los jardines y aquí hay un jardín público en el que he encontrado un gran consuelo. No quiero molestar a nadie, pero he consultado a un médico, que confía en su diagnóstico de migrañas.

Parece un tipo peculiar de migraña que no implica ningún dolor de cabeza, pero supongo que lo aceptaré en lugar *de una explicación alternativa. Sin embargo, no puedo olvidarlo y el recuerdo me inquieta.*

Espero que estés bien, Bert. Por favor, transmite mi afecto y respeto a madre y a padre también.

Con afecto,
Edwin

El audio se detuvo. Zoey lanzó la proyección a la pared y vino a sentarse conmigo. Irradiaba una pesadez que jamás le había visto antes.

—Zoey —dije—. Pareces más afectada de lo que… No estoy seguro de entenderlo del todo.

—¿Qué sistema operativo tienes en tu dispositivo?

—Zephyr —dije.

—Igual que yo. ¿Recuerdas el extraño fallo que tuvo hace un par de años? Solo duró uno o dos días, pero a veces abrías un archivo de texto en el dispositivo y reproducía la música que habías estado escuchando por última vez.

—Sí, claro. Era muy molesto. —Solo lo recordaba vagamente.

—Se debía a unos archivos corruptos.

Sentí algo inmenso y terrible que flotaba justo fuera de mi alcance.

—Estás diciendo…

Zoey apoyó los codos en la mesa y, mientras hablaba, dejó caer la frente en las manos.

—Si momentos de diferentes siglos se mezclan entre sí, entonces, una forma de interpretar esos momentos, Gaspery, es pensar en ellos como en archivos corruptos.

—¿Cómo es que un momento es lo mismo que un archivo?

Se quedó muy quieta.

—Tú imagina que lo son.

Lo intenté. Una serie de archivos corruptos, una serie de momentos corruptos, una serie de cosas discretas que se mezclan entre sí cuando no deberían.

—Pero si los momentos son archivos... —No llegué a terminar la frase. La habitación en la que estábamos me pareció mucho menos real de lo que había sido hasta hacía un momento. «La mesa es real», me dije. «Las flores marchitas sobre el escritorio son reales. La pintura azul de las paredes. El pelo de Zoey. Mis manos. La alfombra».

—Ya ves por qué no he salido a celebrar mi cumpleaños —dijo.

—Pero... Mira, estoy de acuerdo en que es raro, pero estamos hablando de lo de mamá, ¿no? Lo de la simulación.

Suspiró.

—Créeme, se me ha ocurrido la idea. Es muy posible que mis pensamientos estén nublados. Sabes que ella es la razón por la que me hice científica.

Asentí.

—Mira, sé que todo es circunstancial, no estoy loca —continuó—. Solo es una serie de descripciones de algún tipo de experiencia extraña. Pero la coincidencia, la forma en que estos momentos parecen desprenderse unos de otros, me es imposible no verla como una especie de prueba.

4

Si viviéramos en una simulación, ¿cómo sabríamos que era una simulación? Tomé el tranvía para volver a casa desde la universidad a las tres de la mañana. A la cálida luz del vagón en movimiento, cerré los ojos y me maravillé con los detalles. La suave vibración del vagón sobre el colchón de aire. Los sonidos, el susurro apenas perceptible del movimiento, las suaves conversaciones aquí y allá, las notas metálicas de un juego infantil que se escapan de algún dispositivo. «Vivimos en una simulación», me dije a mí mismo, para probar la idea, pero me seguía pareciendo improbable, porque olía el ramo de rosas amarillas que la mujer sentada a mi lado sostenía con mucho cuidado con ambas manos. «Vivimos en una simulación», pero tengo hambre y ¿se supone que debo creer que eso también es una simulación?

—No digo que estas cosas sean ningún tipo de prueba definitiva de que vivimos en una simulación —me había dicho Zoey, una hora antes en su despacho—. Digo que creo que hay suficiente para justificar una investigación.

¿Cómo se investiga la realidad? Tal vez el hambre sea una simulación, me dije, pero quería una hamburguesa con queso. Las hamburguesas con queso son una simulación. La ternera es una simulación. (En realidad, eso era cierto. Matar a un animal para comértelo haría que te arrestasen tanto en la Tierra como en las colonias). Abrí los ojos y pensé: «Las rosas son una simulación. El aroma de las rosas es una simulación».

—¿Cómo lo investigaríamos? —pregunté.

—Habría que visitar todos esos puntos temporales —dijo Zoey—. Hablar con el hombre que escribió la carta en 1912, con quien grabó el vídeo en 2019 o 2020 y con la novelista en 2203.

Recordé las noticias sobre la invención de los viajes en el tiempo y su inmediata ilegalización fuera de las instalaciones gubernamentales. Recordé un capítulo de un libro de texto de criminología dedicado a la pesadilla casi devastadora del llamado Bucle de la Rosa, cuando la historia se había cambiado veintisiete veces antes de que sacasen al viajero deshonesto de la circulación y se deshicieran los daños que había ocasionado. Sabía que ciento cuarenta y una de las doscientas cinco personas que cumplían cadena perpetua en la Luna estaban allí por haber intentado viajar en el tiempo. No importaba si lo habían conseguido o no; intentarlo era suficiente para encerrarte de por vida.

—Gaspery —dijo Zoey—. No sé por qué pareces tan sorprendido. ¿Qué dice el cartel del edificio?

—Instituto del Tiempo —reconocí.

Me miró.

—Creía que eras física —dije.

—Bueno… Sí —respondió. La pausa entre palabras era una brecha de conocimiento y logros del tamaño del sistema solar. Percibí esa conocida amabilidad, esa sensación familiar de que era magnánima conmigo. «No todos podemos ser genios», quise decirle, pero ya habíamos tenido esa conversación cuando éramos adolescentes y había salido mal, así que no lo hice.

«Vivimos en una simulación», me dije, cuando el tranvía se detuvo a una manzana de mi apartamento, pero la idea se alejaba demasiado de… En fin, de la realidad, a falta de una palabra mejor. Era incapaz de convencerme a mí mismo. No me lo creía. Miré el reloj. Había una lluvia programada en dos minutos. Me bajé del tranvía y caminé muy despacio, a propósito. Siempre me ha gustado la lluvia, y saber que no viene de las nubes no hace que me guste menos.

5

En las semanas posteriores, intenté reaclimatarme a los ritmos de mi vida. Me levantaba a las cinco de la tarde en el diminuto apartamento, escuchaba música mientras cocinaba, daba de comer al gato, caminaba o tomaba el tranvía para ir al trabajo. Llegaba al hotel a las siete de la tarde y contemplaba el vestíbulo tras unas gafas oscuras. La mayoría de los empleados no las llevaban, pero, como nativo de la Ciudad Nocturna, tenía sensibilidad a la luz y no toleraba el resplandor difuso de la cúpula, así que tenía un permiso especial de recursos humanos. Mientras, pensaba en todas las cosas que me rodeaban y que podrían no ser reales. La piedra del suelo del vestíbulo. La tela de mi ropa. Mis manos. Mis gafas. Los pasos de una mujer que cruzaba el vestíbulo.

—Buenas noches, Gaspery —dijo.

—Talia. Hola.

—Estabas muy concentrado en el suelo del vestíbulo.

—¿Puedo hacerte una pregunta sin sentido?

—Adelante —dijo—. He tenido un día aburridísimo.

—¿Alguna vez te ha dado por pensar en la hipótesis de la simulación?

Sentía que valía la pena preguntarlo. No pensaba en otra cosa. Levantó las cejas.

—¿La idea de que estemos viviendo en una simulación? Leí un artículo al respecto hace unos meses.

—Sí.

—Lo cierto es que sí. He pensado en ello. No creo que vivamos en una simulación. —Talia miraba más allá de mí y del vestíbulo, hacia la calle—. Quizá sea un poco ingenuo por mi parte, pero siento que una simulación debería ser mejor, ¿sabes? O sea, si se tomaron la molestia de simular esa calle, por ejemplo, ¿no podrían haber hecho funcionar todas las farolas?

La farola de enfrente llevaba varias semanas parpadeando.

—Entiendo lo que quieres decir.

—En fin, como sea —dijo—. Buenas noches.

—Buenas noches.

Volví al ejercicio de fijarme en todo y decirme a mí mismo que ninguna de las cosas que veía eran reales, pero las palabras de Talia empezaron a distraerme. En aquellos tiempo, nadie hablaba de la cutrez de las colonias lunares. Tal vez todos nos sentíamos un poco avergonzados por ello.

—Sí, creo que es justo decir que el *glamour* se ha esfumado —dijo Zoey cuando nos vimos más tarde esa noche.

Mi turno terminaba a las dos de la madrugada, así que la llamé para preguntarle si podía ir a verla. Sabía que estaría despierta, ya que ella tampoco se había liberado del todo de la Ciudad Nocturna y, al igual que yo, prefería quedarse despierta toda la noche. Se iba a coger un par de días libres del trabajo, así que tomé el tranvía hasta su apartamento. Había estado en su casa solo un puñado de veces y se me había olvidado lo oscura que era. Había pintado las paredes de un tono gris intenso. Tenía una colección de libros de papel antiguos, la mayoría de historia, y un cuadro enmarcado en la pared que habíamos hecho juntos cuando éramos niños. Me conmovió. Teníamos unos cuatro y seis años, más o menos, y nos habíamos pintado a nosotros mismos; un niño y una niña cogidos de la mano bajo un árbol de colores exuberantes.

—¿A dónde se ha ido ese *glamour?* —pregunté. Me había servido un generoso vaso de *whisky,* que sorbía despacio porque nunca he tenido mucha tolerancia al alcohol. Ella ya iba por el segundo.

—A las colonias más nuevas, supongo. Titán. Europa. Las Colonias Lejanas.

Estábamos en la mesa de la cocina. Zoey vivía al otro lado de la calle del Instituto del Tiempo, algo que ya sabía, pero que nunca había asimilado del todo. ¿Qué tenía mi hermana? Había estado muy unida a nuestra madre y, ahora que ella ya no estaba, lo único que le quedaba era el trabajo. El trabajo y apenas nada más, por lo visto, pero quién era yo para juzgar. Me recosté en la silla y miré por encima de los tejados del Instituto del Tiempo las agujas luminiscentes que había más allá. ¿Podría emigrar a las Colonias Lejanas? Un pensamiento fantástico. Por supuesto, lo que lo siguió fue: «Si vivimos en una simulación, tampoco es que las Colonias Lejanas sean reales».

—¿Qué les pasó? —pregunté—. Al hombre que escribió la carta en el siglo xx, Edwin como sea que se llame, y a Olive Llewellyn.

Zoey se había terminado de algún modo el segundo vaso mientras que a mí todavía me quedaba la mitad del primero y se sirvió un tercero.

—El hombre de la carta se fue a la guerra, volvió a Inglaterra como un hombre roto y murió en un manicomio. Olive Llewellyn murió en la Tierra. Una pandemia estalló mientras estaba en una gira promocional de un libro.

—Zoey —dije—. ¿Ya ha comenzado la investigación?

—Más o menos. Se están llevando a cabo las discusiones preliminares. La burocracia en torno a los viajes es intensa.

—¿Podrás...? ¿Serás tú la que viaje?

—Estuve a punto de dejar el Instituto del Tiempo hace unos años —dijo—. Acepté quedarme con la condición de no volver a viajar.

—Has viajado en el tiempo —dije y el asombro que sentía por mi hermana no tuvo límites en ese momento—. ¿Dónde has ido?

—No puedo hablar de ello.

Su expresión era sombría.

—¿Puedes contarme al menos por qué ya no quieres viajar? Pensaba que sería...

—Se podría creer que es interesante —dijo—. Lo es. Al principio es fascinante. Es un portal a un mundo diferente.

—Cierto, eso es justo lo que me imaginaba.

—Pero antes de ir, tendrías que pasar dos años dedicado a la investigación. Cuando vas a un punto determinado en el tiempo, vas para investigar alguna cosa concreta, así que lees sobre todas las personas a las que esperas encontrar. Hay gente en el Instituto del Tiempo, cientos de trabajadores, que se dedican a investigar a personas que han muerto hace mucho tiempo para recopilar expedientes para los viajeros, y tu trabajo consiste en estudiar esos expedientes hasta memorizarlos por entero. —Se detuvo para beber—. Entonces, Gaspery, imagina la escena. Entras en una fiesta, en un momento muy lejano, y sabes exactamente cómo y cuándo van a morir todas y cada una de las personas de la sala.

—Es un poco espeluznante —reconocí.

—Y algunas de esas personas van a morir de las formas más evitables. A lo mejor te pones a hablar con una mujer, por ejemplo, que tiene hijos pequeños, y sabes que se va a ahogar en un pícnic el próximo martes, pero como no puedes jugar con la línea temporal, lo único que no puedes decirle bajo ningún concepto es «no vayas a nadar la semana que viene». Tienes que dejarla morir.

—No puedes sacarla del agua.

—Exacto.

Durante un rato, no supe qué decir, así que miré por la ventana los tejados y las agujas, y me pregunté si sería capaz de dejar morir a alguien por el bien de la línea temporal. Zoey bebió en silencio.

—El trabajo requiere un nivel de desapego casi inhumano —dijo al cabo de un rato—. ¿He dicho casi? No, casi no, del todo inhumano.

—Así que alguien tendrá que viajar en el tiempo para investigar esto —dije—, pero no serás tú.

—Serán varias personas, pero no sé quiénes. No es un trabajo popular, que se diga.

—Envíame a mí —dije. Porque lo que pensaba en ese momento era que la teórica mujer que se iba a ahogar el próximo martes se iba a ahogar de todos modos.

Me miró, sorprendida. Dos manchas de color rosa le habían aparecido en las mejillas, pero por lo demás parecía perfectamente sobria.

—Por supuesto que no.

—¿Por qué no?

—Primero, es un trabajo muy peligroso. Segundo, no estás cualificado.

—¿Qué currículum hay que tener para viajar en el tiempo y hablar con la gente? En eso consiste, ¿no? O sea, ¿qué cualificaciones se necesitan?

—Hay un montón de pruebas psicológicas, seguidas de años de formación.

—Podría hacerlo —dije—. Retomaría los estudios y cumpliría con cualquier formación necesaria. Sabes que casi acabé la carrera de criminología. Sé cómo interrogar a alguien.

Se quedó callada.

—Quieres que todo esto se quede en un círculo pequeño ¿no es así? —dije—. Imagínate el pánico si se supiera que vivimos en una simulación.

—No sabemos si vivimos en una simulación y no creo que «pánico» sea la palabra adecuada. Más bien un hastío terminal.

Decidí buscar «hastío» más tarde. Hay palabras que has oído toda la vida sin saber lo que significan.

—Zoey, no estoy haciendo nada con mi vida.

—No digas eso —dijo, demasiado rápido.

—Es que esto… Esta situación, esta cosa, sea lo que sea, esta posibilidad, supongo, es lo más interesante que me he cruzado en quizá toda la vida.

—Pues búscate un *hobby*, Gaspery. Haz caligrafía o tiro con arco o algo así.

—Piénsatelo al menos. Habla con quien tengas que hablar. Que me tengan en cuenta. Si hablamos de viajar en el tiempo, entonces no hay prisa, ¿verdad? Tendría tiempo de prepararme, podría hacer lo que quisieras, volver a estudiar, preparación psicológica, lo que sea… —Me di cuenta de que había empezado a parlotear, así que me detuve.

—No —dijo—. No, ni hablar. —Se acabó el vaso—. Cuando digo que es un trabajo peligroso, me refiero a que no querría que nadie a quien quiero lo hiciera.

6

No volví a ver a Zoey durante tres semanas después de eso y su dispositivo reproducía un mensaje de ausencia. Fui a trabajar, volví a casa del trabajo, me paseé por el apartamento y hablé con el gato. Al final, en un día libre del hotel, le dejé un mensaje de voz para decirle que iba a ir a verla al despacho. No respondió, pero me subí a un tranvía en dirección al Instituto del Tiempo a última hora de la tarde. Me había dicho su horario. Sabía que estaría allí. Observé cómo se deslizaban las pálidas calles, los viejos edificios de piedra a los que les faltaban trozos de mampostería y las destartaladas viviendas ilegales que se apretujaban contra ellas; la influencia de la Ciudad Nocturna se filtraba, un tufillo a desorden que me resultaba vigorizante, y tuve la extraña y descabellada idea de que podría estar muerta. Trabajaba demasiado y bebía demasiado. Durante el primer año después de la muerte de nuestra madre, me encontraba a menudo pensando en el desastre.

Me quedé delante del Instituto del Tiempo, un monolito de piedra blanca, y la llamé una vez más. Nada. Eran cerca de las seis. Unas cuantas personas salieron del edificio, solas o en parejas. Me dediqué a estudiar sus rostros y me pregunté cómo sería tener un trabajo desafiante, y entonces uno de los rostros fue el de Ephrem.

—Eph —dije.

Levantó la vista, sorprendido.

—¡Gaspery! ¿Qué haces aquí?

129

Había hablado con Ephrem en el funeral de mi madre, brevemente, pero aquel día estaba borroso en mi memoria. No habíamos vuelto a hablar en profundidad desde la última cena a la que había asistido en su casa, hacía ya un año. Tal vez fuera por la iluminación de la cúpula, que se atenuaba poco a poco, al tiempo que se volvía más plateada, en una aproximación a un crepúsculo terrestre, pero Ephrem parecía mayor de lo que recordaba, más viejo y más desgastado.

—Estaba a punto de preguntarte lo mismo —dije—. ¿Qué hace un arbolista en el Instituto del Tiempo?

Dudó y vi una oportunidad. Había algo que no quería decirme, y algo que yo no debería saber.

—Trabajas aquí, ¿verdad?

Asintió.

—Sí. Desde hace tiempo.

—Entonces, ¿conoces el proyecto en el que trabaja Zoey? ¿Lo de la simulación?

—Por el amor de Dios, Gaspery, no digas ni una palabra más. —Sonreía, pero se notaba que lo decía en serio—. Ha pasado un tiempo. ¿Nos tomamos una taza de té?

—Me encantaría.

—Ven, te enseñaré mi despacho —dijo—. Pediré que nos traigan el té.

Caminamos juntos en silencio por el patio interior, pasamos por seguridad, entramos en un ascensor y atravesamos una serie de pasillos blancos que me parecían todos iguales, un laberinto de puertas sin indicaciones y cristales opacos.

—Es aquí —dijo Ephrem.

Su despacho era idéntico al de Zoey, pero tenía un bonsái en la ventana. En la mesa nos esperaba una bandeja de té con tres tazas. Lo conocía de toda la vida, pero ¿alguna vez le había preguntado por su trabajo? Me había dicho que era arbolista y le había hecho alguna que otra pregunta sobre árboles, pero, por lo visto, sabía mucho menos de mi amigo de lo que creía. Su despacho estaba en un piso alto, y las agujas de la Colonia

Uno se extendían en el exterior; en la distancia, vi el Hotel Grand Luna.

—¿Cuánto llevas aquí? —pregunté.

—Casi una década. —Estaba sirviendo té, pero se detuvo un momento a reflexionar—. No, siete años. Aunque parece una década.

—Pensaba que eras arbolista.

—Si te soy sincero, echo de menos ese trabajo. Me temo que ahora los árboles son solo un pasatiempo. ¿Me acompañas?

Me acerqué a su mesa de reuniones, que era exactamente igual a la de Zoey. Me invadió la extrañeza del momento, la desorientadora sensación de que una realidad se desvanecía y era sustituida por otra. «Pero te conozco desde hace años —quise decir—. Eres arbolista, no un tipo trajeado del Instituto del Tiempo. Nos graduamos juntos en el instituto».

—¿Los árboles eran más fáciles? —pregunté.

—¿Más que mi trabajo actual? Sin duda. —Su dispositivo vibró. Echo un vistazo a la pantalla e hizo una mueca.

—¿Por qué no me contaste que trabajabas aquí?

—Es que es… incómodo —dijo—. Y con «incómodo» me refiero a confidencial. La cosa es que no puedo responder preguntas sobre lo que hago, así que no me gusta hablar del tema.

—Tiene que ser raro dedicarte a algo secreto. Y con «raro» me refiero a maravilloso.

—Trato de no mentir al respecto. Si me hubieras preguntado dónde trabajaba, te habría dicho que tenía un proyecto en el Instituto del Tiempo y te habría dejado suponer que era algo relacionado con árboles.

—Vale —dije. El silencio se extendió a nuestro alrededor. No sabía cómo pedir lo que quería. «Contratadme, dejadme entrar, dejadme formar parte de lo que sea que hacéis aquí». —Ephrem… —empecé, pero la puerta se abrió justo en ese momento y entró Zoey. Su expresión era una que no había visto desde la infancia. Estaba furiosa. Se sentó frente a mí, ignoró el té y me fulminó con la mirada hasta que me vi obligado a apartar la vista.

—Llevo perdiendo duelos de miradas con mi hermana desde los cinco años —le dije a Ephrem—. Tal vez desde los cuatro.

Me ofreció una débil sonrisa. Nadie habló. Me concentré en el bonsái. Al cabo de un rato, por suerte, Ephrem se aclaró la garganta.

—Escuchad —dijo—. Nadie ha roto ninguna regla. Cuando Zoey habló contigo sobre la anomalía, todavía no era confidencial.

Zoey miró el té.

—Por supuesto, eso no significa que debas plantarte delante del Instituto del Tiempo a repetir las cosas que te ha contado —continuó Ephrem.

—Lo siento —dije—. ¿Es real?

—¿Qué quieres decir?

—Lo que Zoey me contó parecía un patrón, pero, bueno, era algo de nuestra madre —dije—. La hipótesis de la simulación.

—Recuerdo que me hablaba de ello —dijo con tacto.

—Cuando pierdes a alguien, es fácil ver patrones que no existen.

Ephrem asintió.

—Es cierto. No sé si hay algo de verdad —dijo—. Pero yo no tenía una relación estrecha con tu madre, lo que me convierte en una parte más neutral en la cuestión, y creo que hay lo suficiente como para que merezca la pena investigarlo.

—¿Puedo ayudar? —pregunté.

—No —murmuró Zoey, apenas audible.

—Zoey me dijo que querías trabajar aquí.

Me di cuenta de que Ephrem tenía mucho cuidado de no mirarla.

—Sí —dije—. Me gustaría.

—Gaspery —advirtió Zoey.

—¿Por qué quieres trabajar aquí? —preguntó Ephrem.

—Porque es interesante. Siendo sincero, estoy más interesado en esto que en ninguna otra cosa que recuerde. Espero que eso no me haga parecer desesperado.

132

—En absoluto —dijo Ephrem—. Solo te hace parecer interesado. A todos nos interesa, o no estaríamos aquí. ¿Sabes a qué nos dedicamos?

—En realidad, no —reconocí.

—Salvaguardamos la integridad de la línea temporal —explicó—. Investigamos las anomalías.

—¿Ha habido otras?

—Por lo general, terminan por no ser nada —dijo Ephrem—. Mi primer caso en el Instituto tuvo que ver con una *doppelgänger*. Según nuestro mejor *software* de reconocimiento facial, la misma mujer aparecía en fotografías y vídeos tomados en 1925 y 2093. Recogí muestras de ADN y establecí que eran dos mujeres diferentes.

—Has dicho «por lo general».

—En algunas ocasiones no hemos podido determinar una cosa u otra.

Me di cuenta de que eso lo inquietaba.

—¿Buscáis algo en concreto? —pregunté.

—Buscamos muchas cosas. —Se quedó callado un momento—. El aspecto de nuestro trabajo que tiene que ver con las anomalías es una investigación continua sobre si vivimos en una simulación.

—¿Crees que es así?

—Hay una facción, de la que formo parte, que cree que los viajes en el tiempo funcionan mejor de lo que deberían —comentó con cuidado.

—¿Qué quieres decir?

—Hay menos bucles de los que sería razonable esperar. Es decir, a veces cambiamos la línea temporal y luego esta parece repararse a sí misma, de una manera a la que no le veo sentido. El curso de la historia debería alterarse sin remedio cada vez que viajamos hacia atrás en la línea temporal, pero no es así. A veces los acontecimientos parecen cambiar para adaptarse a la interferencia del viajero, de modo que una generación después es como si nunca hubiera estado.

—Nada de eso es prueba de una simulación —intervino Zoey.

—Cierto. Por razones obvias, es difícil de confirmar —concedió Ephrem.

—Pero se podría dar un paso más hacia la confirmación si se identificase un fallo en la simulación —dije.

—Sí, exacto.

—Gaspery —dijo Zoey—. Sé que suena interesante, pero es un trabajo problemático.

—Zoey y yo tenemos algunos desacuerdos con respecto al Instituto del Tiempo —dijo Ephrem—. Creo que sería justo decir que nuestras experiencias aquí han sido diferentes.

—Sí, lo sería —espetó ella con rotundidad.

—Lo que sí puedo decirte es que trabajar aquí es interesante —dijo Ephrem.

—Y yo te digo que Ephrem no ha cumplido con sus objetivos de reclutamiento este año, el año pasado ni el anterior.

—Tanto la formación como el trabajo requieren una inmensa discreción y mucha concentración —continuó Ephrem, ignorándola.

—Se me da bien concentrarme y sé ser discreto.

—Te prepararé una entrevista de selección.

—Gracias —dije—. Esto va a sonar… No quiero ser patético, pero nunca he tenido un trabajo interesante.

Ephrem sonrió.

—No me preocupa la entrevista de selección. Pasarás sin problema. Esto merece una celebración.

Pero, si se trataba de una celebración, ¿por qué mi hermana apenas hablaba? ¿Por qué tenía un aspecto tan sombrío? «Un trabajo problemático». Mientras Ephrem pedía tres copas de champán, quise decirle a Zoey que prefería hacer un trabajo peligroso antes que uno que fuera a matarme de aburrimiento, pero temía que, si se lo decía, se pusiera a llorar.

7

Una semana después, llegué al hotel una hora antes de mi turno y me presenté en el despacho de Talia.

—Gaspery —saludó.

Me dispuse a sentarme, pero negó con la cabeza y se levantó de detrás de la mesa.

—Vamos a dar un paseo.

—Solo tengo unos minutos…

—¿Sabes? Es interesante. —Me hizo un gesto para que saliera delante de ella—. Estudié historia laboral en la universidad y, si hay una constante histórica a lo largo de los siglos, es que a nadie le gusta meterse con recursos humanos. —Abrió la puerta lateral y salimos a la luz del día junto al muelle de carga—. Le dije a tu supervisor que necesitaba hablar contigo. No te molestarán.

La programación meteorológica del día preveía nubes, por lo que la luz era tenue y grisácea. Me resultaba inquietante.

—Cuesta acostumbrarse —dijo Talia. Me había visto mirar con inquietud el cielo. Caminábamos hacia el sendero que bordeaba el río de la Colonia Uno. Las tres colonias tenían ríos, por razones de salud mental, que discurrían por idénticos cauces de piedra blanca, con idénticos puentes de piedra blanca que se arqueaban sobre ellos. Los ríos eran maravillas de la ingeniería y todos sonaban exactamente igual—. ¿Por qué te fuiste de la Ciudad Nocturna? —preguntó.

—Un mal divorcio —respondí—. Quería empezar de cero.

El sonido del río me reconfortaba; si no levantaba la vista, si no prestaba atención a la extraña luz grisácea de un falso día nublado, podía fingir que estaba en casa—. ¿Por qué viniste aquí?

—Soy de aquí —dijo—. No me mudé a la Ciudad Nocturna hasta los nueve años.

—Ah.

Nos acercábamos a un puente. En la Ciudad Nocturna, el puente habría tenido una selección de vagabundos durmiendo la siesta o drogándose debajo, en la paz y las sombras del terraplén, pero allí solo había un anciano en un banco, sentado solo y mirando el agua.

—Fuiste a mi despacho para dimitir —dijo Talia.

—¿Cómo lo has sabido?

—Porque el jefe del jefe de mi jefe me pidió que hablara con un par de trajeados del Instituto del Tiempo hace tres días. Por sus preguntas, me di cuenta de que te investigaban para un puesto.

¿Existe un malestar propio de la sensación que provoca la existencia de una burocracia invisible en movimiento a tu alrededor? Talia dejó de caminar, así que me detuve también y contemplé el agua. Cuando era niño, me gustaba hacer flotar pequeñas barcas por el río de la Ciudad Nocturna, pero ese río era oscuro y centelleante, y reflejaba tanto la luz del sol como la negrura del espacio. El río de la Colonia Uno era pálido y lechoso, y reflejaba las nubes falsas de la cúpula.

—Vivíamos allí —dijo Talia y señaló. Miré hacia arriba, al otro lado del río, a uno de los más antiguos y espléndidos de los grandes edificios de apartamentos, una torre blanca y cilíndrica con un jardín en cada balcón—. Mis padres trabajaban para el Instituto del Tiempo.

No supe qué decir. No había ninguna razón no catastrófica que se me ocurriera para que una familia pasara de uno de los domicilios más elegantes de la Colonia Uno a una casa en ruinas en la Ciudad Nocturna.

—Ambos eran viajeros —dijo Talia—. Hasta que una misión salió mal de una manera horrible, después de lo cual ya no pudieron trabajar, y al cabo de un año estábamos en ese barrio destartalado de la Ciudad Nocturna.

—Lo siento.

Me molestaba tener que decirlo, porque la verdad era que me encantaba la Ciudad Nocturna y ese barrio destartalado era mi hogar. Mi familia, Zoey, nuestra madre y yo, no habíamos vivido allí porque no tuviéramos opción, habíamos vivido allí porque, en palabras de mi madre, «al menos este lugar tiene algo de carácter, no como esas colonias estériles con la iluminación falsa», aunque al recordar eso me vino a la cabeza que no podíamos permitirnos arreglar el tejado cuando tenía goteras.

Talia me miraba.

—Los borrachos son indiscretos —dijo—. Como estoy segura de que eres consciente, si alguna vez has pensado en la cuestión durante más de cinco minutos, enviar a alguien al pasado cambia la historia de manera inevitable. «La propia presencia del viajero es una disrupción», esa es la frase que recuerdo que usaba mi padre. No hay manera de volver, participar en el pasado, y dejar la línea temporal perfectamente inalterada.

—Claro —respondí. No estaba seguro de lo que quería decir, pero al escucharla me sentía tan incómodo que no era capaz de mirarla a los ojos.

—A veces el Instituto del Tiempo retrocede para deshacer el daño y se asegura de que el viajero no haga lo que sea que haya cambiado la historia. Ya sabes, cosas sin importancia, como abrirle la puerta a una mujer que terminará por crear un algoritmo que acabe con la civilización o algo así. A veces vuelven y deshacen el daño, pero no siempre. ¿Quieres saber cómo toman esa decisión?

—Suena extremadamente confidencial —dije.

—Lo es, Gaspery, pero me caes bien y, con la edad, me he vuelto más atrevida, así que te lo voy a contar de todos modos. —(Tenía ¿qué? ¿Treinta y cinco años? En ese momento, noté su hastío emocional)—. Esta es la vara de medir que usan: solo vuelven y deshacen el daño si este afecta al Instituto del Tiempo. ¿Qué soy, Gaspery? ¿Cómo me describirías?

Me sonó a una trampa.

—Eh…

—No pasa nada, puedes decirlo. Soy una burócrata. Recursos humanos es pura burocracia.

—Vale.

—Igual que el Instituto del Tiempo. La principal universidad de investigación en la Luna, poseedora de la única máquina del tiempo funcional, íntimamente ligada al Gobierno y a la aplicación de la ley. Ya solo una de esas cosas implicaría un nivel de burocracia formidable, ¿no crees? Lo que hay que entender es que la burocracia es un organismo y el objetivo principal de todo organismo es protegerse a sí mismo. La burocracia existe para protegerse. —Volvió a mirar al otro lado del río—. Vivíamos en el tercero —dijo y señaló—. El balcón con las parras y los rosales.

—Es bonito —dije.

—Sí, ¿verdad? Mira, entiendo por qué quieres trabajar con el Instituto del Tiempo —continuó—. Tiene que parecerte una oportunidad emocionante. No es que tengas una gran carrera en el hotel. Pero que sepas que, cuando el Instituto acabe contigo, te desecharán. —Habló con tal despreocupación que no estaba seguro de haberla escuchado bien—. Tengo una reunión. Deberías empezar el turno en la próxima hora o así.

Se dio la vuelta y me dejó allí.

Volví a mirar el edificio residencial. Había estado en uno de esos apartamentos una vez, hacía años, para una fiesta, y en aquel momento iba bastante borracho, pero recordaba los techos abovedados y las habitaciones amplias. Pensé que, si algo salía mal en el Instituto del Tiempo, no podría decir que no me habían avisado.

Sin embargo, sentía mucha impaciencia respecto a mi vida. Me volví hacia el hotel y me descubrí incapaz de entrar. El hotel era el pasado. Quería el futuro. Llamé a Ephrem.

—¿Podría empezar antes? —pregunté—. Sé que el plan era avisar al hotel con dos semanas de antelación, pero ¿podría empezar la formación ya? ¿Esta noche?

—Claro —respondió—. ¿Podrías estar aquí en una hora?

8

—¿Quieres un té? —preguntó Ephrem.

—Sí, por favor.

Tecleó algo en su dispositivo y nos sentamos juntos a la mesa de reuniones. Me vino un recuerdo repentino; tomábamos un té chai con Ephrem y su madre un día después de clase en su apartamento, que era más bonito que el mío. Recordé que la madre de Ephrem tenía un trabajo que podía hacer desde casa y había estado mirando una pantalla. Ephrem y yo estudiábamos, así que debió de ser justo antes de un examen, durante un período en el que me había dado por experimentar con el té y con ser un buen estudiante. Estaba a punto de sacar a relucir el momento y preguntarle si se acordaba cuando alguien llamó a la puerta con suavidad y entró un joven con una bandeja que dejó en la mesa con un gesto de asentimiento. «El té chai es real», me dije, y entonces me di cuenta; Ephrem también debía de recordar aquel momento lejano, porque solo me había servido chai cuando había venido aquí.

—Aquí tienes. —Ephrem me pasó una taza humeante.

—¿Por qué Zoey no quería que trabajara aquí?

Suspiró.

—Tuvo una mala experiencia hace unos años. No conozco los detalles.

—Sí, los conoces.

—Sí, es cierto. Mira, es solo un rumor, pero dicen que estaba enamorada de una viajera, entonces la viajera se rebeló y se perdió en el tiempo. Es todo lo que sé, de verdad.

—No, no lo es.

—Es todo lo que sé que no es confidencial —aclaró.

—¿Cómo te pierdes en el tiempo?

—Supongamos que toqueteas a propósito la línea temporal. El Instituto podría decidir no traerte de vuelta al presente.

—¿Por qué iba nadie a cambiar a propósito la línea temporal?

—Exacto —dijo—. No lo hagas y todo irá bien.

Se inclinó para tocar una consola en la pared y una línea temporal con fotografías de personas se materializó en el aire entre los dos.

—He estado trabajando en tu plan de investigación —explicó—. No queremos situarte en el centro de la anomalía, porque no sabemos qué es ni lo peligrosa que puede ser. La idea es que entrevistes a las personas que creemos que la han visto.

Amplió una fotografía muy antigua, en blanco y negro, de un joven de aspecto preocupado con uniforme militar.

—Este es Edwin St. Andrew, que experimentó algo en el bosque de Caiette. Visítalo e intenta que te hable de ello.

—No sabía que era soldado.

—No lo será cuando hables con él. Lo verás en 1912 y después lo pasará muy mal en el Frente Occidental. ¿Más té?

—Gracias. —No tenía ni idea de lo que era el Frente Occidental y esperaba que me lo explicasen durante la formación.

Desplazó la línea hacia un lado y me encontré mirando al compositor de la grabación que Zoey me había enseñado.

—En enero de 2020 —continuó Ephrem—, un artista llamado Paul James Smith dio una actuación que incluía un vídeo. Ese vídeo parece mostrar la misma anomalía que St. Andrew describió un siglo antes, pero no sabemos dónde se grabó exactamente. No tenemos la grabación completa del concierto, solo el clip que Zoey te enseñó. Hablarás con él y descubrirás lo que puedas.

Ephrem volvió a pasar el dedo y apareció otra fotografía, la de un anciano que tocaba el violín en una terminal de naves, con los ojos cerrados.

—Este es Alan Sani —explicó—. Tocó el violín durante varios años en la terminal de naves de Oklahoma City, hacia el año 2200, y creemos que es su música la que Olive Llewellyn menciona en *Marienbad*. Lo entrevistarás y averiguarás más sobre la música. En realidad, averigua todo lo que puedas. — Avanzó por la línea temporal, hasta Olive Llewellyn, la autora favorita de mi madre, residente hacía mucho en la casa de la infancia de Talia Anderson—. Y esta es Olive Llewellyn. Lamento informar que nadie guarda las grabaciones de vigilancia durante doscientos años, así que no hay registros de lo que pudo o no haber experimentado antes de escribir *Marienbad*. La entrevistarás en su última gira de libros.

—¿Cuándo fue su última gira? —pregunté.

—En noviembre de 2203. Los primeros días de la pandemia del SARS 12. No te preocupes, no te contagiarás.

—Nunca lo había oído.

—Era una de las vacunas de nuestra cartilla infantil —dijo Ephrem.

—¿Habrá otros investigadores asignados al caso?

—Varios. Comprobarán diferentes ángulos y entrevistarán a diferentes personas, o a las mismas de una manera diferente. Tal vez coincidas con algunos pero, si son buenos en su trabajo, nunca sabrás quiénes son. En lo que a ti respecta, Gaspery, no es una tarea complicada. Harás unas cuantas entrevistas y luego entregarás tus conclusiones a un investigador de mayor rango, que se hará cargo y tomará la determinación final. Si todo va bien, te esperarán otras investigaciones. Podrías tener una carrera interesante aquí. —Miró la línea temporal—. Creo que empezarás entrevistando al violinista.

—De acuerdo. ¿Cuándo hablo con él?

—En unos cinco años —respondió Ephrem—. Antes tienes mucho que aprender.

9

La formación no fue como sumergirme en un mundo diferente, sino más bien como hacerlo en un montón de mundos sucesivos diferentes, momentos que habían surgido uno tras otro, mundos que se desvanecían de manera gradual, de modo que su pérdida solo era evidente en retrospectiva. Años de clases particulares en pequeñas habitaciones del Instituto, años de cruzarme con personas que tal vez fueran o no mis compañeros por los pasillos, porque nadie llevaba etiquetas con el nombre, y años de estudiar en silencio en la biblioteca del Instituto del Tiempo o en mi apartamento a altas horas de la noche, con mi gato dormido en el regazo. Cinco años después de dejar el hotel, me presenté por primera vez en la cámara de viajes.

Era una sala de tamaño medio hecha por completo de alguna especie de piedra compuesta. En un extremo había un banco, moldeado en una profunda hendidura de la pared. El banco daba a un escritorio de aspecto extremadamente ordinario. Zoey me esperaba con un aparato que se parecía mucho a una pistola.

—Voy a insertarte un rastreador en el brazo —dijo.

—Buenos días, Zoey. Estoy bien, gracias por preguntar. Yo también me alegro de verte.

—Es un microordenador. Interactúa con tu dispositivo, que interactúa con la máquina.

—Vale —dije, dejando de lado las cortesías—. ¿Así que el rastreador envía información a mi dispositivo?

—¿Recuerdas aquella vez que te regalé un gato? —dijo.

—Claro. Marvin. Ahora mismo está durmiendo la siesta en casa.

—Enviamos a una agente a otro siglo, pero se enamoró de alguien y no quiso volver a casa, así que se quitó el rastreador, se lo dio de comer a un gato y, cuando intentamos devolverla por la fuerza al presente, el gato apareció en la cámara de viaje en su lugar.

—Un segundo —dije—. ¿Mi gato es de otro siglo?

—Tu gato es de 1985 —confirmó.

—¿Qué? —pregunté, sin saber qué decir.

Me tomó la mano. ¿Cuándo había sido la última vez que nos habíamos tocado? Observé su sombría concentración mientras me inyectaba una bolita de plata en el brazo izquierdo. Me dolió mucho más de lo que habría imaginado. Abrió una proyección encima del escritorio y se concentró en la pantalla flotante.

—Deberías habérmelo contado. Deberías haberme dicho que mi gato era un viajero del tiempo.

—Venga ya, Gaspery, qué diferencia habría. Un gato es un gato.

—Nunca te han gustado mucho los animales, ¿eh?

Tenía los labios apretados en una línea fina. No me miraba.

—Deberías alegrarte por mí —dije, mientras ajustaba algo en la proyección—. Es lo único que he querido hacer de verdad y voy a hacerlo.

—Ay, Gaspery —dijo, distraída—. Mi pobre corderito. ¿Dispositivo?

—Toma.

Lo tomó, lo acercó a la proyección y me lo devolvió.

—Bien —dijo—. Tu primer destino ya está programado. Ve a sentarte en la máquina.

10

Transcripción:

GASPERY ROBERTS: Bien, está encendida. Gracias por tomarse un segundo para hablar conmigo.

ALAN SAMI: De nada. Gracias por la comida.

GASPERY ROBERTS: De acuerdo, ahora, para que quede claro en la grabación, usted es violinista.

ALAN SAMI: Lo soy. Toco en la terminal de aeronaves.

GASPERY ROBERTS: ¿Por dinero?

ALAN SAMI: Por placer. No necesito el dinero, que quede claro.

GASPERY ROBERTS: Pero sí que recoge las monedas, se pone un sombrero a los pies...

ALAN SAMI: La gente me las lanzaba, así que pasado un tiempo decidí darle la vuelta al sombrero y ponérmelo delante, así al menos caerían todas en el mismo sitio.

GASPERY ROBERTS: Si no necesita el dinero, ¿por qué lo hace?

ALAN SAMI: Porque me encanta, hijo. Me encanta tocar el violín y ver a la gente.

GASPERY ROBERTS: Me gustaría enseñarle una grabación, si me lo permite.

ALAN SAMI: ¿De música?

GASPERY ROBERTS: Música con algo de ruido ambiente. Se la pondré y después quiero que me cuente todo lo que pueda al respecto. ¿Le parece bien?

ALAN SAMI: Claro. Adelante.

[…]

GASPERY ROBERTS: Era usted, ¿verdad?

ALAN SAMI: Sí, soy yo en la terminal. Aunque es una grabación de baja calidad.

GASPERY ROBERTS: ¿Cómo está tan seguro de que es usted?

ALAN SAMI: Que cómo… ¿En serio? Hijo, porque reconozco la música y se escucha una aeronave. Hay un zumbido al final.

GASPERY ROBERTS: Centrémonos en la música por un momento. La pieza que tocaba, hábleme de ella.

ALAN SAMI: Mi canción de cuna. La compuse, pero nunca le puse título. Fue algo que inventé para mi esposa. Mi difunta esposa.

GASPERY ROBERTS: Su difunta… Lo siento mucho.

ALAN SAMI: Gracias.

GASPERY ROBERTS: ¿Alguna vez se grabó tocándola o escribió la partitura?

ALAN SAMI: No. ¿Por qué?

GASPERY ROBERTS: Bueno, como ya he mencionado, soy asistente de un historiador de música. Me han encargado que investigue las similitudes y diferencias entre la música que se escucha en las terminales de aeronaves en varias regiones de la Tierra.

ALAN SAMI: ¿Y a qué institución pertenecía?

GASPERY ROBERTS: La Universidad de Columbia Británica.

ALAN SAMI: ¿De ahí es su acento?

GASPERY ROBERTS: ¿Mi acento?

ALAN SAMI: Acaba de cambiar. Tengo buen oído para los acentos.

GASPERY ROBERTS: Ah. Soy de la Colonia Dos.

ALAN SAMI: Interesante. Mi esposa era de la Colonia Uno, pero no recuerdo que sonase así. ¿Cuánto tiempo lleva en esto?

GASPERY ROBERTS: ¿De asistente de investigación? Unos años.

ALAN SAMI: ¿Hay que estudiar para eso? ¿Cómo se entra en esa profesión?

GASPERY ROBERTS: Es una buena pregunta. Si soy sincero, estaba un poco perdido. Tenía un trabajo como vigilante en un hotel. Estaba bien. Solo tenía que estar en el vestíbulo y mirar a la gente. Pero entonces surgió una oportunidad. Algo que de verdad me interesaba de una forma en la que nunca me había interesado nada. Pasé cinco años de formación, estudiando lingüística, psicología e historia.

ALAN SAMI: Entiendo la parte de la historia, pero ¿por qué la psicología y la lingüística?

GASPERY ROBERTS: Bueno, la lingüística es porque la gente habla de manera diferente en diferentes momentos de la historia y, si hablamos de música antigua, que tiene un elemento de palabra hablada, viene bien.

ALAN SAMI: Tiene sentido. ¿Y la psicología?

GASPERY ROBERTS: Interés personal. No era relevante. No era relevante en absoluto. No sé por qué lo he mencionado.

ALAN SAMI: La dama protesta demasiado, me parece.

GASPERY ROBERTS: ¿Acaba de llamarme dama?

ALAN SAMI: Eso era Shakespeare, hijo. Por favor. ¿No tenías estudios?

11

—Sutil —dijo Zoey, cuando revisó la grabación—. Muy sofisticado.

Ephrem, que estaba sentado con nosotros en el despacho, reprimió una sonrisa.

—Lo sé —dije—. Lo siento.

—No, a ver, no incluimos a Shakespeare en tu formación —dijo mi hermana.

—Zoey, Ephrem, hipotéticamente, ¿qué pasaría si la lío?

—No la líes. —Ephrem miró su dispositivo—. Perdonad. Tengo una reunión con mi jefe, pero te veré en mi despacho en una hora.

Se marchó y me quedé a solas con mi hermana.

—¿Qué impresión te dio el violinista? —preguntó.

—Tenía más de ochenta años, quizá incluso noventa. Tenía una forma lenta de hablar, como si su acento arrastrara… todo. Se había hecho esa cosa en los ojos, ¿lo del cambio de color? Tenían un extraño color púrpura. Violeta, supongo.

—Estaría de moda cuando era joven.

Volvió a mirar la transcripción y releyó algo. Me levanté y me acerqué a la ventana. Era de noche y la cúpula estaba despejada. La Tierra se alzaba en el horizonte, una visión de verde y azul.

—Zoey, ¿me dejas que te haga una pregunta?

—Claro.

Me volví a mirarla y levantó la vista de la transcripción.

—¿Recuerdas a Talia Anderson de la Ciudad Nocturna? —pregunté.

—No, creo que no.

—Fue a mi clase durante un tiempo en primaria. Su familia vivía en la casa de Olive Llewellyn y luego me la volví a encontrar cuando me contrató para aquel trabajo de seguridad en el hotel.

—Espera —dijo Zoey—. ¿Te refieres a Natalia Anderson del Hotel Grand Luna?

—Sí.

Asintió.

—Estaba en la lista de personas a las que entrevistamos cuando te estaban evaluando para el puesto.

—¿Cómo recuerdas un nombre de una lista de hace cinco años?

—No sé —respondió—. Lo hago sin más.

—Me encantaría tener tu cerebro. En fin, si soy sincero, me advirtió de que no viniera aquí.

—Yo también —dijo Zoey.

—Al parecer, sus padres trabajaban aquí —continué y la ignoré—. Hace mucho. Dijo que su padre había sido indiscreto.

Me observaba con atención.

—¿Qué te dijo?

—«La propia presencia del viajero es una disrupción».

—¿Esas palabras exactas?

—Creo que sí. ¿Por qué?

—Es de un manual de formación confidencial que lleva fuera de circulación desde hace diez años. Me pregunto si se lo habrá contado a alguien más. ¿Qué más te dijo?

—Que cuando el Instituto terminara conmigo, me desecharía.

Zoey desvió la mirada.

—No siempre es un lugar fácil donde trabajar. Hay mucha rotación de personal. Recuerda que intenté disuadirte.

—¿Tenías miedo de que me desecharan?

Se quedó callada durante tanto tiempo que pensé que no iba a responder. Cuando volvió a hablar, no me miró y tenía la voz tensa.

—Tuve una relación con alguien, hace mucho tiempo, una viajera que investigaba otro caso. La fastidió.

—¿Qué le pasó?

Echó la mano al collar que siempre llevaba. Era una cadena de oro sencilla y nunca me había fijado en ella, pero, por la forma en que la tocó, comprendí que la viajera perdida se la había regalado.

—Hay una cosa que tienes que entender —dijo—. No hace falta ser una persona horrible para intentar cambiar la línea temporal a propósito. Solo hace falta un momento de debilidad. Un único instante. Y cuando digo «debilidad», más bien debería referirme a «humanidad».

—Y si cambias a propósito la línea temporal…

—No es difícil hacer que alguien se pierda en el tiempo. Inculparlos por un crimen que no han cometido, por ejemplo, o, en casos menos graves, dejarlos en algún punto desde el que no pueden volver a casa.

—¿Incriminar a un viajero por un crimen no tendría repercusiones en la línea temporal?

—El departamento de investigación mantiene una lista de delitos cuidadosamente seleccionados e investigados para evitar repercusiones importantes.

«La burocracia existe para protegerse», me había dicho Talia, contemplando el río.

Zoey se aclaró la garganta.

—Mañana te espera un gran día —dijo—. ¿Recuerdas adónde vas primero?

—A 1912, a hablar con Edwin St. Voy a fingir que soy sacerdote e intentaré que hable conmigo en la iglesia.

—Bien. ¿Y después?

—Iré a enero de 2020, para hablar con el artista de vídeo, Paul James Smith, a ver qué descubro sobre la extraña grabación.

Asintió.

—¿Y al día siguiente hablarás con Olive Llewellyn?

—Sí.

A esas alturas, ya me había leído todos sus libros. Ninguno me había gustado demasiado, pero costaba saber si era culpa de los libros o del miedo que sentía cuando pensaba en ella, dado el momento para el que estaba programada la entrevista.

—Ya sabes que vas a conocerla en la última semana de su vida —dijo Zoey—. La entrevistarás en Filadelfia y morirá tres días después en una habitación de hotel en Nueva York.

—Lo sé. —Me sentí un poco mal por ello.

El rostro de Zoey se suavizó.

—¿Recuerdas que mamá siempre citaba *Marienbad* cuando éramos niños?

Asentí y por un momento me transporté de vuelta al hospital, a los últimos días de nuestra madre, a la semana fuera del tiempo y del espacio en la que no nos separamos de ella ni un instante.

—Te mantendrás firme, ¿verdad? —En la forma en que me miraba, supe que veía a un Gaspery anterior, una versión de mí mismo sin rumbo, propenso al error, que vivía perdido y que no había dedicado los últimos cinco años a la formación, el estudio y la investigación.

—Por supuesto. Soy un profesional.

Conocía los hechos de la vida y de la muerte. Olive Llewellyn murió en una pandemia que comenzó durante una gira promocional de libros. Murió en una habitación de hotel de la República del Atlántico. Sin embargo, por supuesto, la idea de romper el protocolo se me pasó por la cabeza, tanto entonces como en la mañana de tres días después, cuando me presenté en la cámara de viajes, cuando introdujeron las coordenadas en mi dispositivo y entré en la máquina para conocerla.

5

LA ÚLTIMA GIRA DE PROMOCIÓN EN LA TIERRA/

2203

—Verás —dijo el periodista—, no quiero incomodarte ni ponerte en un aprieto. Pero siento curiosidad por saber si has experimentado algo raro en la terminal de aeronaves de Oklahoma City.

En el silencio, Olive oía el suave zumbido del edificio, los sonidos de la ventilación y la fontanería. Tal vez no lo habría admitido si él no la hubiera sorprendido hacia el final de la gira, si no hubiera estado tan cansada. El periodista, Gaspery-Jacques Roberts, la observaba con atención. Sintió que ya sabía lo que iba a decir.

—No me importa hablar de ello, pero me temo que pareceré demasiado excéntrica si se incluye en la versión final de la entrevista. ¿Podríamos dejar de grabar un momento?

—Sí —dijo él.

—Estaba en la terminal, de camino a un vuelo, y recuerdo que pasé junto a un tipo que tocaba el violín. De repente, hubo una especie de destello de oscuridad y me encontré en medio de un bosque. Solo por un segundo. Fue…

—Tal como lo describiste en el libro —dijo Gaspery.

—Sí.

—¿Hay algo más que puedas decirme?

—No hay mucho más. Pasó muy rápido. Tuve la impresión… Va a parecer una locura, pero estaba en dos lugares a la vez. Aunque diga que estaba en un bosque, también estaba en la terminal.

—Lo sabía.

—No estoy segura… —Olive no sabía cómo formular la pregunta—. ¿Significa algo? —preguntó.

La miró y pareció debatirse sobre qué decir a continuación.

—Te va a parecer una tontería —dijo, con una ligereza forzada—, pero a mi editor de *Contingencias* le gusta que termine las entrevistas con una pregunta divertida.

Olive apretó las manos y asintió.

—Bien, veamos, supongo que es una especie de pregunta sobre el destino. —Olive notó que estaba sudando—. Salvo que ocurra algún tipo de catástrofe imprevista y con la certeza de que la tecnología seguirá avanzando, es más que probable que existirán los viajes en el tiempo en el próximo siglo. Si un viajero del tiempo se presentase ante ti y te dijera que lo dejaras todo y volvieras a casa de inmediato, ¿lo harías?

—¿Cómo sabría que es un viajero del tiempo?

La puerta se estaba abriendo y la publicista de Olive estaba a punto de entrar.

—Digamos que la persona presentase un hecho imposible de reconciliar.

—¿Por ejemplo?

Gaspery se inclinó hacia delante para hablarle en voz baja y con rapidez.

—Por ejemplo, supongamos que esta persona fuera un adulto. Ahora supongamos que esta persona, este adulto de treinta años, tuviera un nombre que tú hubieras inventado para un libro que se publicó hace solo cinco.

—¿Cómo va todo? —preguntó Aretta.

—Genial —dijo Gaspery—. Llegas justo a tiempo.

—Podrías haberte cambiado el nombre —dijo Olive.

—Podría haberlo hecho. —Le sostuvo la mirada—. Pero no lo he hecho. —Su tono se relajó al levantarse—. Olive, muchas gracias por tu tiempo. Sobre todo por la última pregunta. Sé que las divertidas son las peores.

—Pareces cansada —dijo Aretta—. ¿Estás bien?

—Solo cansada —respondió Olive, repitiendo la explicación.

—Pero te vas a casa justo después de esto, ¿no? —intervino Gaspery con suavidad—. Directa desde aquí a la terminal de aeronaves, ¿no? En fin, sea como sea, adiós. ¡Gracias!

—No, tiene otra… Vaya —dijo Aretta—, Sí, claro, ¡adiós! —Gaspery se fue—. Es un poco raro, ¿no?

—Un poco —concedió Olive.

—¿Qué era eso de que te vas a casa? Te quedan otros tres días en la Tierra.

—Ha surgido algo.

Aretta frunció el ceño.

—Pero…

Pero Olive nunca había estado más segura de nada. Nunca había recibido una advertencia tan clara en toda su vida.

—Lo siento —dijo—. Sé que voy a causarle problemas a todo el mundo, pero tengo que ir a la terminal de aeronaves. Me voy a casa en el próximo vuelo.

—¿Qué?

—Aretta, deberías irte a casa con tu familia.

Es chocante despertar en un mundo y encontrarte en otro al caer la noche, pero la situación no es tan inusual. Te despiertas con un matrimonio y tu cónyuge muere en el transcurso del día. Te despiertas en tiempos de paz y al mediodía el país entra en guerra. Te despiertas en la ignorancia y al anochecer es evidente que ya hay una pandemia. Te despiertas en una gira de libros con varios días por delante y por la noche vas corriendo a casa, con la maleta abandonada en una habitación de hotel.

Olive llamó a su marido desde el coche. Era un coche autoconducido y se sintió agradecida de que no hubiera ningún conductor que la escuchara y se preguntara si había perdido un tornillo, lo cual ella misma se preguntaba.

—Dion, voy a pedirte que hagas algo que va a sonar un poco extremo.

—De acuerdo —respondió.

—Tienes que sacar a Sylvie del colegio.

157

—¿Te refieres a que no la lleve mañana? Tengo que trabajar.

—¿Podrías ir a recogerla ahora?

—Olive, ¿de qué va esto?

Por la ventanilla, las afueras de Filadelfia eran una mancha de torres de apartamentos. Es posible tener una relación maravillosa y aun así ser incapaz de contarle a tu cónyuge absolutamente todo.

—Es por ese nuevo virus —dijo Olive—. He conocido a alguien en el hotel que tenía información interna.

—¿Qué tipo de información?

—Es malo, Dion, y se está extendiendo sin control.

—¿En las colonias también?

—¿Cuántos vuelos hay cada día entre la Tierra y la Luna? Respiró hondo.

—Vale. De acuerdo. Iré a buscarla.

—Gracias. Voy de camino a casa.

—¿Qué? Sé que es serio si vas a acortar una gira.

—Es serio, Dion, parece que es muy serio.

Olive se dio cuenta de que había empezado a llorar.

—No llores —le dijo con suavidad—. No llores. Voy al colegio ahora mismo. La llevaré a casa.

En la sala de embarque, Olive encontró un rincón alejado de los demás y sacó su dispositivo. No había noticias nuevas sobre la pandemia, pero encargó provisiones farmacéuticas para tres meses, una gran cantidad de agua embotellada y una montaña de juguetes nuevos para Sylvie. Cuando embarcó en la nave, se había gastado una pequeña fortuna y se sentía un poco loca.

Cómo fue dejar la Tierra:

Un rápido ascenso sobre el mundo verde y azul, hasta que el planeta desapareció de golpe por las nubes. La atmósfera se volvió fina y azul, el azul se transformó en índigo, y luego, como deslizarse a través de la piel de una burbuja, llegó el espacio negro. Seis horas hasta la Luna. Olive había comprado un paquete de mascarillas quirúrgicas en el aeropuerto, que se vendían a los viajeros por si se resfriaban durante el viaje, y llevaba puestas tres de ellas, lo que le dificultaba respirar. Tenía un asiento de ventanilla y estaba acurrucada entre los reposabrazos, tratando de mantenerse lo más alejada posible de las otras personas. La superficie de la luna surgió en la oscuridad, brillante en la distancia y gris al acercarse; las burbujas opacas de los Colonias Uno, Dos y Tres destellaron a la luz del sol.

Su dispositivo se iluminó con un suave pitido. Frunció el ceño ante el aviso de una nueva cita, porque no recordaba haber pedido cita con el médico, hasta que lo comprendió; Dion le había programado la cita. Había visto cuánto dinero acababa de gastarse en productos enlatados y creía que se le había ido la cabeza.

Llegó el aterrizaje, apenas perceptible después de la velocidad vertiginosa entre la Tierra y la Luna. Olive se puso unas gafas oscuras para esconder las lágrimas. Lo cierto era que la cita con el médico no era algo descabellado. Si Dion la hubiera llamado desde un viaje de negocios para decirle que se avecinaba una plaga y que debía sacar a su hija del colegio, si hubiera visto los cargos masivos en la cuenta compartida, también habría temido por su cordura. Esperó todo lo posible antes de desembarcar, para dejar cierta distancia entre ella y los demás, y se mantuvo lo más alejada posible de todas las personas que estaban en el puerto espacial y en el andén de tren de la Colonia Dos. En el vagón, miró por la ventanilla las luces del túnel que pasaban, hacia la superficie brillante de la luna a través del cristal compuesto. Se apeó en un andén e intentó agarrar su maleta, hasta que recordó que no iba a volver a verla.

Sintió un pellizco de arrepentimiento pasajero por los extraños abrojos con forma de estrella que se le habían pegado a los calcetines en la República de Texas, porque le había hecho ilusión enseñárselos a Sylvie, pero aparte de eso, se dijo que no había nada de valor real en la maleta. Aun así, se sentía despojada; llevaba años viajando con la maleta a cuestas y la consideraba casi una amiga. El vagón llegó. Olive se sentó cerca de las puertas, para aumentar el flujo de aire —toda la investigación que había llevado a cabo sobre pandemias le volvía a la memoria— y el tranvía se deslizó por las calles y bulevares de la ciudad de piedra blanca, que nunca le había parecido más hermosa. Los puentes que se arqueaban por encima de la calle poseían una gracia arquitectónica poco común, los árboles que bordeaban los bulevares y suavizaban los balcones de las torres eran de un verdor casi antinatural y sobresaturado, y luego estaban las innumerables tiendecitas con gente que entraba y salía, sin mascarillas, sin guantes, ajenas y ciega a la inminente catástrofe. La visión fue demasiado para ella y no pudo soportarlo más, pero no quedaba otra. Olive lloraba en silencio, así que nadie se le acercó.

Se bajó pronto y recorrió las últimas diez manzanas a la luz del sol. La cúpula de la Colonia Dos mostraba su tipo de cielo favorito, unas nubes blancas que se deslizaban sobre un fondo azul intenso. Lo que echaba en falta era el sonido de las ruedas de la maleta en los adoquines.

Olive dobló la esquina y delante apareció el complejo donde vivía, una hilera de edificios blancos y cuadrados con escaleras que bajaban del segundo y tercer piso a la acera. Subió los escalones hasta el segundo piso con una sensación de irrealidad. ¿Cómo había llegado a casa tan pronto? ¿Sin maleta? ¿Y por qué? ¿Porque un periodista le había dicho algo raro sobre los viajes en el tiempo? Levantó la mano para llamar a la puerta, porque sus llaves se habían quedado en la maleta, en la Tierra, pero se quedó paralizada. ¿Y si llevaba patógenos en la ropa? Se quitó la chaqueta, los zapatos y, tras un momento de duda, los pantalones y la camisa. Miró hacia la calle y un transeúnte apartó rápidamente la mirada.

Llamó a Dion.

—Olive, ¿dónde estás?

—¿Puedes abrir la puerta, luego llevarte a Sylvie al dormitorio y quedaros hasta que yo entre?

—Olive…

—Me da miedo contagiaros —dijo Olive—. Estoy delante de casa, pero quiero darme una ducha antes de que ninguno de los dos me abrace. Podría tenerlo en la ropa.

Las prendas se amontonaban alrededor de sus pies.

—Olive —repitió y percibió el dolor en su voz. Pensaba que estaba muy enferma, pero no por la pandemia que se avecinaba.

—Por favor.

—De acuerdo —cedió—. Lo haré.

La cerradura se abrió con un clic. Olive contó hasta diez muy despacio, luego entró, dejó su dispositivo y la ropa interior en un montón en el suelo, y fue directa a la ducha. Se frotó con jabón, luego buscó el alcohol de limpieza, volvió sobre sus pasos y desinfectó todas las superficies que había tocado. Encendió el purificador de aire en el ajuste más alto y abrió todas las ventanas, usó la toalla para recoger la ropa interior del suelo y lo echó todo en el triturador de basura, luego desinfectó el dispositivo, el suelo donde había estado el dispositivo y volvió a desinfectarse las manos. «Así será nuestra vida ahora —pensó sin ánimo—, tendremos que recordar todas las superficies que tocamos». Respiró hondo y cambió la expresión para parecer tranquila. Abrió la puerta del dormitorio, desnuda y desquiciada, y su hija voló por la habitación para saltarle a los brazos. Olive cayó de rodillas, con lágrimas calientes recorriéndole la cara hasta el hombro de Sylvie.

—Mamá —dijo Sylvie—, ¿por qué lloras?

«Porque se suponía que iba a morir en la pandemia, pero un viajero del tiempo me avisó. Porque mucha gente va a morir pronto y no hay nada que pueda hacer para evitarlo. Porque nada tiene sentido y tal vez esté loca».

—Es que te he echado mucho de menos —dijo Olive.

—¿Me echabas tanto de menos que has tenido que volver a casa antes? —preguntó Sylvie.

—Sí. Te echaba tanto de menos que he tenido que volver antes.

Una extraña alarma llenó la habitación; el dispositivo de Dion emitía una alerta pública. Por encima del hombro de Sylvie, observó cómo su marido leía la pantalla. Él levantó la vista y vio que lo observaba.

—Tenías razón —dijo—. Siento haber dudado de ti. El virus está aquí.

Durante los primeros cien días de confinamiento, Olive se encerraba en el despacho todas las mañanas y se sentaba a su mesa, pero era más fácil mirar por la ventana que escribir. A veces se limitaba a tomar notas sobre los sonidos que oía.

Sirena
Silencio
Pájaros
Sirena
Otra sirena
¿Una tercera? Se superponen, desde al menos dos direcciones
Silencio total
Pájaros
Sirena

El borrón de los días al pasar:

Olive se despertaba a las cuatro de la mañana para trabajar durante dos horas mientras Sylvie dormía, luego Dion trabajaba desde las seis hasta el mediodía mientras Olive intentaba hacer de maestra y mantener a su hija razonablemente cuerda, luego Olive trabajaba durante dos horas mientras Dion y Sylvie jugaban, luego Sylvie tenía una hora de holograma mientras los dos padres trabajaban, luego Dion trabajaba mientras Olive jugaba con Sylvie; luego, de alguna manera, llegaba la hora de hacer la cena y luego la cena se confundía con la hora de acostarse, luego a las ocho de la tarde Sylvie se dormía y Olive se acostaba no mucho después, luego sonaba el despertador de Olive porque de nuevo eran las cuatro de la mañana, etcétera.

—Podríamos considerarlo una oportunidad —dijo Dion, en la septuagésima tercera noche de confinamiento. Estaban sentados juntos en la cocina, comiendo helado. Sylvie dormía.

—¿Una oportunidad para qué? —preguntó Olive. Incluso en el día setenta y tres, todavía se sentía un poco aturdida. Un elemento de incredulidad que no terminaba de desaparecer. (¿Una pandemia? ¿En serio?).

—Para pensar en cómo volver a entrar en el mundo, cuando hacerlo sea posible —dijo Dion. Comentó que había algunos amigos a los que no echaba de menos. Con calma, estaba presentando solicitudes para nuevos trabajos.

—Finjamos que esta botella de *seltzer* es una amiga —dijo Sylvie, en la cena del día ochenta y cinco—. Haz que me hable.

—¡Hola, Sylvie! —dijo Olive. Acercó la botella de cristal a la niña.

—Hola, botella —dijo Sylvie.

En el confinamiento, apareció un nuevo tipo de viaje, aunque esa no parecía la palabra adecuada. Había un nuevo tipo de antiviaje. Por la noche, Olive tecleaba una serie de códigos en su dispositivo, se ponía unos auriculares con casco que le cubrían los ojos y entraba en el holoespacio. Las reuniones holográficas se habían aclamado como el camino del futuro —¿para qué gastar tiempo y dinero en un viaje físico, cuando te podías transportar a una extraña sala digital plateada y vacía y conversar con simulaciones parpadeantes de tus colegas?—, pero la irrealidad resultaba dolorosamente plana. El trabajo de Dion requería muchas reuniones, por lo que pasaba en el holoespacio seis horas al día y por las noches estaba aturdido de cansancio.

—No sé por qué es tan agotador —dijo—. Es decir, cansa mucho más que las reuniones normales.

—Creo que es porque no es real. —Era muy tarde y estaban junto a las ventanas del salón, mirando la calle desierta.

—Quizá tengas razón. Resulta que la realidad es más importante de lo que pensábamos —dijo Dion.

Lo que pasa con la gira, y con todas las giras, es que no había un momento en el que no se sintiera agradecida, pero también había siempre demasiadas caras. Siempre había sido tímida. De gira, cientos de caras pasaban ante ella, una tras otra tras otra, y la mayoría eran amables, pero todas eran las equivocadas porque, tras unos días en la carretera, las únicas personas a las que Olive quería ver eran Sylvie y Dion.

Sin embargo, cuando el mundo se redujo al tamaño del interior de su apartamento y a una población de tres personas, echaba de menos a la gente. ¿Dónde estaba la conductora que escribía el libro sobre las ratas parlantes? Ni siquiera sabía cómo se llamaba. ¿Dónde estaba Aretta? El mensaje automático de no disponible en su dispositivo llevaba semanas sin actualizarse, lo cual era preocupante. ¿Dónde estaban los otros autores que había conocido en la última gira? ¿Ibby Mohammed y Jessica Marley? ¿Dónde estaba el conductor que cantaba una antigua canción de *jazz* mientras atravesaban Tallin? ¿Y la mujer del tatuaje de Buenos Aires?

En el confinamiento, la Colonia Dos era un lugar extraño y congelado, silencioso salvo por las sirenas de las ambulancias y el suave zumbido de los tranvías que pasaban cargados de trabajadores médicos con mascarillas. Se suponía que nadie debía salir al exterior, excepto por citas médicas y trabajos esenciales, pero en la centésima noche, mientras Sylvie dormía, Olive se escabulló por la puerta de la cocina y salió al mundo exterior. Bajó rápido y en silencio las escaleras hasta el jardín, donde se sentó en la hierba, bajo un pequeño árbol con forma de paraguas. Estaba a centímetros de la acera, pero oculta por las hojas. Encontrarse fuera del apartamento la desorientó. Estaba segura de que el aire no había cambiado, pero, después del tiempo que había pasado en la Tierra, le parecía incorrecto, plano y demasiado filtrado. Permaneció al aire libre durante una hora y luego volvió a entrar con una sensación de revelación. Después, salió todas las noches a sentarse bajo el árbol con forma de paraguas.

Fue en una de esas noches cuando apareció el periodista. El último periodista, como siempre pensaba en él, Gaspery-Jacques Roberts, de la revista *Contingencias.* La noche en que apareció estaba bajo el árbol, sentada con las piernas cruzadas en la hierba, mientras trataba de no pensar en las cifras del día (752 muertos en la Colonia Dos y 3458 nuevos casos) y de dejar de lado el pensamiento consciente cuando oyó unos pasos suaves que se acercaban. No creía que fuera un patrullero, ya que iban en parejas, pero las multas por estar fuera durante un confinamiento eran elevadas, así que se quedó muy quieta e intentó respirar sin hacer apenas ruido.

Los pasos se detuvieron, tan cerca que distinguió la sombra de la persona inclinada sobre la acera. ¿La habría percibido? No parecía posible. Otra persona, otro conjunto de pasos, se acercó desde la dirección opuesta.

—¿Zoey? ¿Qué haces aquí? —Olive reconoció de inmediato la voz del hombre y se le cortó la respiración en el pecho.

—Debería preguntarte lo mismo —dijo una mujer. Tenía el mismo acento.

—Te lo dije en la cámara de viajes hace cinco minutos —dijo Gaspery—. Quiero entrevistar a un profesor de literatura que entrevistó a Olive Llewellyn. Una capa más de confirmación.

—Me pareció extraño que quisieras volver a marcharte después de la entrevista con ella, en un viaje no programado —dijo.

Gaspery no habló por un momento.

—Creía que ya no viajabas —dijo por fin.

—Ya, bueno, me pareció que las circunstancias justificaban una excepción. Gaspery, ¿cómo has podido?

—Iba a hablar con ella —respondió—. Iba a seguir el plan, pero, Zoey, no pude. No podía dejarla morir.

Hubo un momento de silencio durante el cual aquellas dos personas incomprensibles debían de estar mirando a la ventana de su salón, al menos eso imaginó Olive. Miró hacia arriba, pero desde aquel ángulo solo distinguió un trozo del techo del salón, oscurecido en su mayoría por las hojas.

—Es como me advertiste —dijo Gaspery en voz baja—. Me dijiste que el trabajo requería falta de humanidad y así era. Así es.

—No deberías volver al presente —dijo Zoey.

«¿Qué?».

—Por supuesto que volveré al presente —respondió él—. Creo en afrontar las consecuencias de mis actos.

—Pero las consecuencias serán terribles. Ya he visto lo que pasa.

Entonces se hizo el silencio. Gaspery no contestó.

—La Ciudad Nocturna era preciosa en esta época —dijo por fin.

—Lo sé. —La mujer lloraba, Olive lo notó en su voz—. Todavía no es una ciudad nocturna.

—Tienes razón. La iluminación de la cúpula todavía funciona. ¿Esto son adoquines?

—Sí, creo que sí.

—Viene una patrulla —dijo Gaspery de repente y se marcharon juntos, caminando deprisa.

Olive se quedó durante mucho tiempo en las sombras, en la extrañeza. Se suponía que iba a morir en la pandemia, según tenía entendido, pero entonces Gaspery la había salvado. ¿Acaso no le había dicho lo que era? «Si un viajero del tiempo se presentase ante ti».

Esa noche, buscó a Gaspery-Jacques Roberts y los resultados se llenaron de referencias a su propia obra, el libro y la adaptación cinematográfica de *Marienbad*. Buscó la revista *Contingencias* y encontró una página web con algunas decenas de artículos, pero, cuanto más buscaba, más parecía una tapadera. Hacía tiempo que no se actualizaba y sus cuentas de las redes sociales estaban inactivas.

Oyó un pequeño ruido y se sobresaltó, pero solo era Sylvie, de pie en la puerta con un pijama de unicornio.

—Hola, cariño —dijo Olive—. Es medianoche. Deja que te arrope.

—No puedo dormir —dijo Sylvie.

—Me quedaré contigo un rato.

Olive levantó a su hija, disfrutó del cálido peso en sus brazos, y la llevó de vuelta a su dormitorio. Todo en la habitación era azul. La arropó con el edredón añil y se sentó a su lado. «Se suponía que iba a morir en la pandemia».

—¿Jugamos al Bosque Encantado? —preguntó Sylvie.

—Por supuesto —dijo Olive—. Juguemos unos minutos, hasta que te entre sueño.

Sylvie se estremeció de placer. El Bosque Encantado era un invento nuevo; a Sylvie nunca le había dado por tener amigos imaginarios, pero en el confinamiento ideó un reino lleno de ellos, donde era la reina.

—Cuando tenga sueño, paramos —dijo, complacida—. Antes de que me duerma.

—La puerta del portal se abre —dijo Olive, porque así era como siempre empezaba el juego. El dormitorio de Sylvie era más silencioso que su despacho, ya que estaba en la parte de atrás del edificio, pero todavía oyó el débil lamento de la sirena de una ambulancia.

—¿Quién va? —preguntó Sylvie.

—Zorrito Mágico salta a través del portal. «Reina Sylvie», dice Zorrito Mágico, «¡venid rápido! Hay un problema en el Bosque Encantado».

Sylvie se rio, encantada. Zorrito Mágico era su amigo favorito.

—¿Y solo yo puedo ayudar, Zorrito Mágico?

—«Sí, reina Sylvie», dice Zorrito Mágico. «Solo tú puedes ayudar».

Otra conferencia, esa vez virtual. Más bien la misma conferencia, solo que en el holoespacio. (En el no-espacio. En ninguna parte). Olive era un holograma en una sala de hologramas, un mar de luces tenues que parpadeaban ante ella, todas reunidas en una imitación minimalista de una sala. Contempló varios cientos de facsímiles ligeramente luminiscentes de personas, sus cuerpos reales en habitaciones individuales repartidas por toda la Tierra y las colonias, y le surgió el pensamiento desquiciado de que le estaba hablando a una congregación de almas.

—Una cuestión interesante que me gustaría considerar en los últimos minutos es por qué ha habido tanto interés en la literatura postapocalíptica en la última década. He tenido la tremenda suerte de viajar mucho al servicio de *Marienbad*...

El cielo azul sobre Salt Lake City, pájaros que volaban por encima.
La azotea de un hotel en Ciudad del Cabo, luces que brillaban en los árboles.
El viento ondulaba sobre un campo de hierba alta junto a una estación de tren en el norte de Inglaterra.
—¿Quieres ver mi tatuaje? —dijo la mujer en Buenos Aires.

... por lo que he tenido la oportunidad de hablar con muchas personas sobre la literatura postapocalíptica. He escuchado muchas teorías sobre por qué hay tanto interés en el género. Una persona me sugirió que tenía que ver con la desigualdad económica, que en un mundo que parece fundamentalmente injusto, tal vez anhelamos volarlo todo por los aires y empezar de nuevo...

—Eso es lo que me parece a mí —había dicho el librero, en una vieja tienda de Vancouver, mientras Olive admiraba sus gafas rosas.

... y no estoy segura de estar de acuerdo, pero es una idea intrigante.

Los hologramas se estremecieron y se quedaron mirando. Le gustaba la idea ser capaz todavía de captar la atención de una habitación, aunque solo estuviera en el holoespacio, aunque no fuera de verdad una habitación.

—Alguien me sugirió que tiene que ver con un anhelo secreto de heroísmo, lo que me pareció interesante. Tal vez, en algún nivel subconsciente, creamos que si el mundo se acabara y se rehiciera, si ocurriera alguna catástrofe impensable, entonces tal vez nosotros también podríamos reinventarnos, tal vez en personas mejores, más heroicas, más honorables.

—¿No parece posible? —preguntó la bibliotecaria de Brazzaville. Los ojos le brillaban y en la calle alguien tocaba una trompeta—. A ver, nadie quiere que suceda, obviamente, pero piensa en la oportunidad de heroísmo...

—Algunas personas me han sugerido que se debe a las catástrofes en la Tierra, la decisión de construir cúpulas sobre innumerables ciudades, la tragedia de vernos obligados a abandonar países enteros debido a la subida del agua o del calor, pero...

Un recuerdo: despertarme en una nave entre ciudades, mirando la cúpula de Dubái y creer por un momento de desorientación que había dejado la Tierra.

... pero a mí no me encaja. Nuestra ansiedad está justificada y no es descabellado sugerir que podríamos canalizarla en la ficción. Sin embargo, el problema con esa teoría es que nuestra ansiedad no es nada nuevo. ¿Cuándo no hemos creído que el mundo se acaba?

»Una vez tuve una conversación fascinante con mi madre, en la que me habló de la culpa que sus amigas y ella habían sentido por traer niños al mundo. Fue a mediados de los años 2160, en la Colonia Dos. Cuesta imaginar una época o un lugar más tranquilos, pero estaban preocupados por las tormentas de asteroides y, si la vida en la Luna se volvía insostenible, sobre la viabilidad de la vida en la Tierra.

La madre de Olive bebía café en su casa de la infancia:
un mantel amarillo floreado,
las manos apretadas alrededor de una taza de café azul,
su sonrisa.

—Lo que quiero decir es que siempre hay algo. Creo que, como especie, tenemos el deseo de creer que vivimos en el clímax de la historia. Es una especie de narcisismo. Queremos creer que somos los únicos importantes, que estamos viviendo el final de la historia, que ahora, después de todos los milenios de falsas alarmas, es por fin lo peor que ha pasado, que por fin hemos llegado al fin del mundo.

En un mundo que ya no existe, pero cuya fecha exacta de extinción no está clara, el capitán George Vancouver se encuentra en la cubierta del HMS Discovery, *mirando ansiosamente un paisaje sin gente.*

—Pero todo esto plantea una pregunta interesante —dijo Olive—. ¿Y si siempre fuera el fin del mundo?

Hizo una pausa para que surtiera efecto. Ante ella, el público holográfico estaba casi inmóvil.

—Porque sería razonable pensar en el fin del mundo como un proceso continuo e interminable.

Una hora después, Olive se quitó el casco y se volvió a encontrar sola en el despacho. No estaba segura de haber estado nunca tan cansada. Se quedó sentada durante un rato mientras absorbía los detalles del mundo físico: las estanterías, los dibujos enmarcados de Sylvie, el cuadro de un jardín que sus padres le habían regalado en su boda, la extraña pieza de metal que había encontrado una vez en la Tierra y que había colgado en la pared porque le encantaba su forma. Se levantó y se acercó a la ventana para mirar la ciudad. La calle blanca, los edificios blancos, los árboles verdes, las luces de las ambulancias. Era medianoche, por lo que las ambulancias no necesitaban sirenas. Las luces parpadeaban en azul y rojo por la calle y luego desaparecían.

«Se suponía que iba a morir en la pandemia». No entendía del todo lo que eso significaba y, sin embargo, era el punto en torno al cual giraban todos sus pensamientos. Pasó un tranvía que transportaba personal médico, luego otra ambulancia, y después volvió la quietud. Un movimiento en el aire, un búho que volaba en silencio en la oscuridad.

—Cuando nos planteamos la cuestión de por qué ahora —dijo Olive, ante una audiencia diferente de hologramas la noche siguiente—, es decir, por qué ha aumentado el interés por la ficción postapocalíptica en la última década, creo que tenemos que considerar lo que ha cambiado en el mundo en ese período de tiempo, y esa línea de pensamiento me lleva inevitablemente a la tecnología.

Un holograma en la primera fila brillaba de forma extraña, lo que significaba que el asistente tenía una conexión inestable.

—Mi creencia personal es que recurrimos a la ficción postapocalíptica no porque nos atraiga el desastre *per se,* sino porque nos atrae lo que imaginamos que puede venir después. Anhelamos en secreto un mundo con menos tecnología.

—Supongo que no soy la primera en preguntarte cómo es ser la autora de una novela sobre una pandemia durante una pandemia —comentó otra periodista.

—Es posible que no.

Olive estaba de pie junto a la ventana y miraba el cielo. La cúpula de la Colonia Dos tenía las mismas pixelaciones que las de las Colonias Uno y Tres, un patrón cambiante de cielo azul y nubes, pero le parecía que había una mancha irregular en el horizonte, una sección que parpadeaba ligeramente donde se veía un cuadrado de espacio negro. Era difícil de distinguir.

—¿En qué trabajas estos días? ¿Puedes trabajar?

—Estoy escribiendo una absurdidad de ciencia ficción —dijo Olive.

—Interesante. ¿Me cuentas algo al respecto?

—Ni yo misma lo tengo muy claro, si te soy sincera. Ni siquiera sé si es una novela o una novela corta. La verdad es que es un poco descabellado.

—Diría que todo lo que se ha escrito este año es susceptible de considerarse descabellado —dijo la periodista y Olive decidió que le caía bien—. ¿Qué te atrajo de la ciencia ficción?

Sin lugar a duda, el trocito de cielo acababa de parpadear. ¿Qué aspecto tendría todo si la iluminación de la cúpula fallara? Era un pensamiento extraño. Siempre había dado por sentada la ilusión de una atmósfera.

—Llevo encerrada ciento nueve días —dijo Olive—. Me apetecía escribir algo ambientado lo más lejos posible de mi apartamento.

—¿Eso es todo? —preguntó la periodista—. ¿Distancia física? ¿Una manera de viajar durante el confinamiento?

—No, supongo que no. —La sirena de una ambulancia se acercó y se detuvo frente al edificio de enfrente. Olive le dio la espalda a la ventana—. Es solo que… No quiero ponerme melodramática y sé que están igual en muchísimos sitios, pero hay mucha muerte. Muerte por todas partes. No quiero escribir sobre nada real.

La periodista se quedó callada.

—Sé que los demás están igual. Sé la suerte que tengo. Sé que podría ser mucho peor. No me quejo. Pero mis padres viven en la Tierra, y no sé si… —Tuvo que parar y tomar aire para serenarse—. No sé cuándo los volveré a ver.

Pasaron dos ambulancias, una tras otra, y luego silencio. Olive miró por encima del hombro. La ambulancia de enfrente seguía allí.

—¿Sigues ahí? —preguntó.

—Perdona —dijo la periodista. Su voz sonaba entrecortada.

—¿En qué situación estás? —preguntó Olive en voz baja. Se le ocurrió que parecía muy joven. Miró la agenda. Se llamaba Annabel Escobar y trabajaba en la ciudad de Charlotte, que Olive recordaba vagamente haber visitado en una gira anterior por las Carolinas Unidas.

—Vivo sola —dijo Annabel—. Se supone que no tenemos que salir de casa y estoy… —Rompió a llorar a lágrima viva.

—Lo siento —dijo Olive—. Suena muy solitario. —Estaba mirando por la ventana. La ambulancia no se había movido.

—Hace mucho tiempo que no estoy en la misma habitación que otra persona —dijo Annabel.

En otra noche de investigación, una revista académica de hacía siglos hacía una referencia a un tal Gaspery J. Roberts. El tema de la revista era la reforma de las prisiones. El hallazgo hizo que Olive cayera en una madriguera, hasta que encontró unos registros de prisiones de la Tierra; Gaspery J. Roberts había sido condenado a cincuenta años por un doble homicidio en Ohio a finales del siglo xx. Pero no había ninguna foto, así que no podía estar segura de que fuera el mismo hombre.

—Bueno, Olive —dijo otro periodista. Eran hologramas en una sala del holoespacio plateada, junto con otros dos autores que también habían escrito libros cuyas tramas tenían que ver con pandemias. Los cuatro parpadeaban como fantasmas—. ¿Cuántos ejemplares de *Marienbad* has vendido desde que empezó la pandemia?

—Eh… —dijo Olive—. No estoy segura. Muchos.

—Ya sé que has vendido muchos —dijo—. Has aparecido en las listas de los más vendidos en una docena de países de la

Tierra, en las tres colonias lunares y en dos de las tres colonias de Titán. Te pido que seas más específica.

—Me temo que no tengo los números de las ventas delante —dijo Olive. Todos los hologramas la miraban con atención.

—¿De verdad? —preguntó el periodista.

—No se me ocurrió traer mis liquidaciones de regalías a una entrevista.

Una hora más tarde, cuando terminó la entrevista, se quitó el casco y se sentó un rato con los ojos cerrados. Llevaba suficiente tiempo en casa de vuelta de la Tierra como para que, al abrir la ventana, el aire nocturno de la Segunda Colonia volviera a parecerle fresco. Tal vez estaba filtrado, pero había plantas y agua corriente, había un mundo al otro lado de la ventana tan real como cualquier otro mundo en el que nadie hubiera vivido. Le dio por pensar en Jessica Marley por primera vez en mucho tiempo y en su insufrible novelita sobre crecer en la Luna. «No hay ningún dolor en la irrealidad», quiso decirle. Una vida vivida bajo una cúpula, en una atmósfera generada de forma artificial, sigue siendo una vida. Una sirena sonó y se alejó. Olive tomó su dispositivo, buscó el nombre de Jessica y descubrió que había muerto dos meses antes en España.

—¿Mamá? —Sylvie se asomó a la puerta—. ¿Ha terminado la entrevista?

—Hola, cariño. Sí, hemos acabado pronto.

Jessica Marley tenía treinta y siete años.

—¿Tienes otra?

—No. —Se arrodilló ante su hija y la abrazó con ansia—. No tengo más hasta mañana.

—Entonces, ¿jugamos al Bosque Encantado?

—Por supuesto.

Sylvie se retorció un poco por la emoción. «Se suponía que iba a morir en la pandemia». Olive sabía que se pasaría el resto de su vida intentando comprender ese hecho. Sin embargo, su efervescente hija de cinco años estaba sentada ante ella y le sonreía, y lo que descubrió en ese momento, mientras las luces de otra ambulancia parpadeaban en el techo, fue que era capaz de devolverle la sonrisa. Es la extraña lección de vivir en una pandemia, se puede vivir en paz frente a la muerte.

—Mamá, ¿jugamos al Bosque Encantado?

—Claro —dijo Olive—. La puerta del portal se abre…

6

MIRELLA Y VINCENT/

(ARCHIVOS CORRUPTOS)

1

«Sigue las pruebas». En los años de formación de Gaspery, desde la noche en que llamó a Zoey para desearle un feliz cumpleaños hasta el momento presente, ese mantra había sido una brújula. «El momento presente» empezaba a parecer un término sin sentido, pero todo momento puede asociarse a una fecha, así que llamémoslo 30 de noviembre de 2203, en la Colonia Dos, una ciudad en las garras de una pandemia que acabaría matando al cinco por ciento de sus residentes, un lugar que todavía no era el hogar de Gaspery, que todavía no era la Ciudad Nocturna. Caminaba a toda prisa por las calles con Zoey para evadir una patrulla de confinamiento.

—Aquí —dijo Zoey y lo arrastró hacia una puerta. Gaspery miró a través de la puerta de cristal a su lado, al interior de una sala con mesas y sillas sombrías. Era un restaurante, o lo había sido. Todos los restaurantes de la Colonia Dos estaban cerrados en ese momento.

Permanecieron juntos en las sombras, escuchando. Solo se oían las sirenas.

—Has roto el protocolo más importante —dijo Zoey en voz baja—. ¿Por qué?

—Tenía que advertirla —respondió.

—Bien, esta es la situación. Solo he hecho un análisis preliminar, pero, a primera vista, la decisión de salvar a Olive Llewellyn no ha tenido ningún efecto reconocible en el Instituto del Tiempo.

—¿Significa eso que no me pasará nada?

—No —dijo—. Significa que no te has quedado perdido en el tiempo de inmediato. Significa que tus privilegios de viaje aún no se han revocado, porque hemos invertido cinco años de formación en ti y todavía podrías ser útil para el Instituto, al menos mientras dure esta investigación. Sin embargo, si fuera tú, me sacaría el rastreador del brazo y no volvería. —Levantó el dispositivo—. Tengo que irme. Quédate aquí, en este tiempo, e intentaré visitarte.

—Espera. Por favor.

Se quedó quieta y lo observó.

—Sé que nunca harías lo que he hecho —dijo Gaspery—. Pero supón que lo hubieras hecho. Si estuvieras en mi lugar, Zoey, ¿qué harías?

—Me resulta difícil imaginar cosas que no son reales —respondió.

—Inténtalo.

Zoey suspiró y cerró los ojos. Lo que se le ocurrió a Gaspery en ese momento, al mirarla, era que él era la única persona en su vida. Sus padres ya no estaban. Nunca se había casado. Si tenía amigos o intereses románticos, nunca los mencionaba. Sintió una culpa insondable. Zoey abrió los ojos.

—Intentaría resolver la anomalía —dijo.

—¿Cómo?

Se quedó callada durante tanto tiempo que él pensó que no iba a contestar.

—Espera —dijo—. Nuestros mejores equipos de investigación tardaron un año entero en averiguar estas coordenadas.

Tecleó algo en su dispositivo y sonó una leve notificación en el suyo, que tenía en el bolsillo.

—Te he mandado un nuevo destino —dijo Zoey—. No sabemos la hora, solo el día y el lugar, así que tendrás que esperar en el bosque. —Introdujo otro código en su dispositivo y desapareció.

Gaspery se quedó solo junto a la puerta, en la ciudad correcta, pero en el tiempo equivocado. Cerró los ojos y meditó sobre el curso de la investigación, porque era preferible a pensar en su hermana, o en lo que le esperaba si volvía a su tiempo. Tenía un nuevo destino. Introdujo los códigos en el dispositivo y se marchó.

2

Estaba en la playa en Caiette. Las coordenadas le indicaban
que había aterrizado en el verano de 1994, pero al principio le
pareció un error, porque el lugar no había cambiado en absoluto en las últimas ocho décadas. Contemplaba dos islotes, cope-
tes de árboles al otro lado del agua, y durante un momento de
desorientación creyó que estaba de vuelta en 1912 vestido con
un traje de sacerdote de principios del siglo xx, preparándose
para encontrarse con Edwin St. Andrew en la iglesia.

La pequeña iglesia blanca de la ladera no había cambiado
desde la última vez que había estado y parecía que la habían
repintado no hacía mucho, pero las casas que la rodeaban eran
diferentes. Dio la espalda al asentamiento y paseó la mirada
por el mar. El sol empezaba a salir y tonos azules y rosas ondu-
laban en el agua. Le gustaba la forma en que se movía, la suave
repetición de las olas. Por primera vez en mucho tiempo, se
encontró pensando en su madre. Había pasado una temporada
en la Tierra cuando era niña. Tenía una foto enmarcada de un
mar terrestre en la cocina de la casa de su infancia, un pequeño
rectángulo de olas en la pared junto a los fogones. La recordaba mirándola mientras removía la sopa. Sin embargo, se dio
cuenta de que el mar no tenía ningún peso en su corazón,
no aparecía en ninguno de los recuerdos de su infancia ni en
ninguno de los momentos importantes de su vida; solo era un
lugar que había visto en las películas y que había visitado por
motivos de trabajo, por lo que le era imposible reunir muchos
sentimientos hacia él. Tras un momento, se dio la vuelta y se

alejó por la playa para seguir las coordenadas que parpadeaban en su dispositivo. Pasó la última casa y se adentró en el bosque.

Caminar por aquel bosque le resultó más fácil que cuando llevaba la túnica de sacerdote, pero seguía sin dársele bien. El suelo era demasiado blando, las ramas se le enganchaban en la ropa y se sentía atacado por todas partes. Era una tarde soleada, pero debía de haber llovido esa mañana. Los helechos húmedos le rozaban las piernas. Sus zapatos eran menos impermeables de lo que pensaba. El dispositivo palpitó suavemente en su mano con una notificación que indicaba que estaba muy cerca del lugar que buscaba. Soltó la rama que había estado sujetando para estudiar la pantalla y le dio una bofetada en la cara.

Allí estaba el arce, ochenta y dos años más viejo que la última vez que lo había visto. Había ganado menos en altura que en anchura y magnificencia. El claro que lo rodeaba se había ampliado con el paso del tiempo. Caminó bajo el dosel de ramas para mirar la luz del sol que se movía entre las hojas y, por primera vez, sintió verdadera reverencia.

¿Cuándo llegaría Vincent Smith? No había manera de saberlo. Gaspery salió del claro y se abrió paso hacia un matorral de hojas densas, donde se arrodilló sobre la tierra fresca y húmeda y esperó.

Se quedó muy quieto y escuchó. Otra cosa que no le gustaba de los bosques eran los sonidos constantes. No era como el ruido blanco y regular de las ciudades lunares, los mecanismos distantes que aumentaban la gravedad a niveles terrestres y mantenían el aire dentro de las cúpulas en condiciones respirables y creaban la ilusión de una brisa. No había ningún patrón en el ruido blanco de un bosque y la aleatoriedad lo ponía nervioso. El tiempo pasó, horas. Le dieron calambres en los músculos. Se moría de sed. Se levantó un par de veces para estirarse y, luego, volvió a agacharse. Era imposible oír si algo se acercaba, hasta que dejó de serlo. Poco después de las cuatro de la tarde, oyó los pasos amortiguados de la chica en el camino.

Vincent Smith a los trece años. Parecía que se hubiera cortado el pelo con unas tijeras romas antes de teñírselo de azul intenso. Llevaba los ojos pintados de negro. Irradiaba abandono. Caminó despacio, mirando por el visor de la cámara y, desde su escondite, Gaspery reconoció la escena. Una vez se había sentado en un teatro de Nueva York para ver una actuación musical un tanto tediosa acompañada de las imágenes que Vincent estaba creando en ese mismo momento. Se detuvo bajo el árbol, orientó la cámara hacia arriba…

… y la realidad se rompió. Gaspery y Vincent se encontraron en la cavernosa catedral de ecos de la terminal de aeronaves de Oklahoma City, donde Olive Llewellyn caminaba justo delante de ellos y sonaban las notas de un violín cercano. Aunque fuera imposible, también estaba allí Edwin St. Andrew, con la cara vuelta hacia las ramas/el techo de la terminal…

Vincent trastabilló y casi se le cayó la cámara. Gaspery se llevó las manos a la boca, porque quería gritar, y la terminal desapareció. Una cosa es saber en abstracto que un momento puede corromper otro; otra muy distinta es experimentar ambos momentos a la vez; y otra, sospechar lo que podría significar. Vincent miraba alrededor con frenesí, pero Gaspery estaba agachado y no lo vio. Cerró los ojos, hundió las manos en el barro e intentó convencerse de que el agua fría que se le filtraba por las rodillas de los pantalones era real.

3

Pero ¿qué hace que un mundo sea real?

Gaspery estaba tumbado de espaldas en el barro, miraba las hojas recortadas en un cielo cada vez más oscuro y le parecía que ya llevaba allí un tiempo. La noche caía en el bosque. Vincent se había ido. Se incorporó con cierto esfuerzo; tenía la espalda agarrotada, ¿cuánto tiempo había estado tumbado sin moverse? Envió un mensaje a través de su dispositivo: «¡Lo he visto! ¡He visto los archivos corruptos! Es real, Zoey».

No hubo respuesta. Sabía lo que había hecho, sabía que había roto la regla más importante al salvar a Olive Llewellyn, pero conservaba una pizca de esperanza de que el mensaje fuera a salvarlo.

4

Gaspery volvió al momento en que se había marchado, a la Cámara de Viaje Ocho, en el tercer subsuelo del Instituto del Tiempo. Zoey estaba sentada ante él en el tablero de control.

—Lo he visto —dijo Gaspery—. He visto la anomalía.

—He recibido el mensaje. —Zoey lo miraba y él vio que había estado llorando—. Acabo de hablar con Ephrem —le dijo—. Te van a retirar del servicio.

—¿Qué me va a pasar?

—Nada bueno.

—Sé lo que he hecho, pero, si termino la investigación, tal vez...

—No creo que haya nada que puedas hacer para salvarte.

—Pero podría haberlo. Solo quiero otro nivel de confirmación, otro testigo. Necesito dos destinos más.

Gaspery salió de la máquina y le entregó su dispositivo.

Zoey lo miró y frunció el ceño.

—¿1918?

—Tengo más preguntas para Edwin St. Andrew.

—¿En 1918? Experimentó la anomalía en 1912. ¿Y qué hay en 2007?

—Una fiesta a la que asistió Vincent Smith. Estaba en una lista de destinos secundarios.

—Pero tu dispositivo y tu rastreador están fuera de servicio —dijo.

—Zoey —dijo Gaspery—. Por favor.

Cerró los ojos un momento y luego tomó el dispositivo. Tecleó algo que Gaspery no llegó a ver y luego se acercó a la proyección para hacer un escaneo de retina.

—Voy a anular la orden de retirada —dijo. Su voz sonaba plana y extraña, y detectó el terror en sus ojos—. Ephrem llegará en cualquier momento, seguramente con fuerzas de seguridad. No te impediré ir, Gaspery, pero no puedo protegerte si vuelves.

—Lo entiendo —dijo él—. Gracias.

Oyó que llamaban a la puerta justo cuando se iba.

5

Gaspery salió de un baño de caballeros de Nueva York en el invierno de 2007, al calor y la luz de una fiesta en una galería de arte. Se movió despacio entre la multitud mientras trataba de orientarse. Buscaba a Vincent Smith. Sabía que estaría allí; su presencia había entrado en el registro histórico, porque en algún lugar de la sala había un fotógrafo de sociedad. Sin embargo, siendo 2007, eso significaba que Mirella Kessler también lo estaría y, después de su extraño encuentro con ella en 2020, Gaspery esperaba evitarla.

Las vio juntas en el otro extremo de la sala, admirando un cuadro al óleo de gran tamaño. Agarró una copa de vino tinto de una pequeña bandeja redonda y se fue a mirar otro cuadro mientras planeaba su próximo movimiento. Se sintió desconcertado por la multitud. Se daban la mano, lo que incluso después de toda su formación en sensibilidad cultural le resultaba algo extraño en temporada de gripe, y se besaban en la mejilla. Se recordó a sí mismo que aquellas personas no tenían ninguna experiencia directa en pandemias. Nadie tenía la edad suficiente para recordar el invierno entre 1918 y 1919, faltaban unos años para el ébola, que además se limitaría principalmente al otro lado del Atlántico, y el COVID-19 no llegaría hasta dentro de trece años. Gaspery comenzó a avanzar despacio por la periferia de la sala para acercarse a Vincent.

En 2007, Vincent era rica y exudaba un brillo de elegancia y confianza en sí misma que jamás habría esperado de la niña de pelo azul que acababa de encontrarse en Caiette. Tenía el brazo entrelazado con el de Mirella y ambas estaban frente a un cuadro, pero, según vio al acercarse, en realidad no lo miraban. Hablaban en susurros. Mirella soltó una risita. Irradiaban un aire de inseparabilidad que lo acercó a la desesperación. Sin embargo, de pronto Vincent se desprendió para saludar a otra persona y Mirella se volvió para buscar a su marido, así que Gaspery vio su oportunidad.

—¿Vincent?

—Hola. —Tenía una sonrisa cálida y le gustó de inmediato.

—Siento molestarte. Llevo a cabo una investigación para un coleccionista de arte y me preguntaba si podría hacerte una pregunta rápida sobre los vídeos de tu hermano Paul.

Había captado su atención. Abrió los ojos de par en par.

—¿Mi hermano? Pero no creía… No sabía que hacía vídeos. Es músico. O compositor, supongo.

—Esa es mi sospecha —dijo él—. No creo que haya grabado los vídeos. Creo que lo hizo otra persona.

Mirella frunció el ceño.

—¿Cómo son?

—Bueno, hay uno en particular —dijo Gaspery—. La persona que graba camina por un bosque. En la Columbia Británica, creo. Hacía sol. A juzgar por la calidad de la grabación, diría que se hizo en algún momento de mediados de los noventa.

Su mirada se suavizó. Le entró la sensación de plantear una especie de hipnosis.

—La persona avanza por un sendero hacia un arce —continuó.

Ella asintió.

—Grababa a menudo en ese camino —dijo.

—En este vídeo en particular, sucede algo extraño. Hay un destello raro —tanteó Gaspery—. Como si todo se oscureciera por un segundo, probablemente algún tipo de fallo en la cinta…

—Eso parecía —dijo Vincent—, pero no era cosa de la cinta.

—¿Lo viste?

—Oí unos ruidos raros y todo se oscureció.

—¿Qué oíste?

—Música de violín. Luego un ruido como de un sistema hidráulico. Fue inexplicable. —Sus ojos se enfocaron de repente—. Perdona, ¿cómo has dicho que te llamabas?

Su marido se movía entre la multitud hacia ellos, con una copa de vino para Vincent en la mano, y Gaspery aprovechó la distracción momentánea para escabullirse. Sintió una extraña euforia que era a partes iguales agotamiento y alegría. Tenía grabada en su dispositivo una entrevista que lo corroboraba. Tenía sus propias observaciones. Por primera vez, desde la entrevista con Olive Llewellyn, en la mañana de aquel extraño e interminable día, sintió que a lo mejor no estaba condenado.

Aun así, vaciló junto a la puerta del baño de caballeros por un instante mientras observaba la fiesta, y su felicidad se desvaneció. Sintió el espanto del que Zoey le había advertido, el conocimiento desolador de cómo terminarían las historias de todos los demás. Miró la sala y, por primera vez en su vida, Gaspery se sintió viejo. Vincent y su marido brindaron. En catorce meses, Alkaitis sería arrestado por dirigir un esquema Ponzi masivo y luego saldría bajo fianza, momento en el que huiría a Dubái, abandonando a Vincent, y viviría el resto de su larga vida en una serie de hoteles.

Vincent viviría otros doce años y luego desaparecería en circunstancias misteriosas en la cubierta de un buque de carga.

Cerca estaba Mirella, hablando con su marido, Faisal. Faisal era inversor en el esquema fraudulento de Jonathan y, cuando la estafa se derrumbara dentro de un año, lo perdería todo, al igual que los miembros de la familia que habían invertido a su instancia. Se suicidaría.

Mirella encontraría el cuerpo y la nota. Luego pasaría más de una década en la ciudad de Nueva York, hasta que en marzo de 2020 viajaría a Dubái por razones desconocidas, donde llegaría justo a tiempo para quedarse atrapada por la pandemia del COVID-19. Allí conocería a Himesh Chiang, huésped del mismo hotel en el que se alojaba, y al cabo de un tiempo ambos regresarían a su Londres natal, donde sobrevivirían a la pandemia, se casarían y vivirían el resto de sus vidas juntos; ella daría a luz a tres hijos, tendría una exitosa carrera como gestora comercial y moriría de neumonía a los ochenta y cinco años, un año después de la muerte de su marido en un accidente de tráfico.

Sin embargo, muchas cosas inevitablemente quedan fuera de cualquier biografía, de cualquier relato de una vida. Antes de todo eso, antes de que Mirella perdiera a Faisal, antes de aquella fiesta en aquella ciudad junto al mar, había sido una niña en Ohio. Gaspery se estremeció. Pensó en cómo lo había mirado en el parque, en enero de 2020. «Estabas bajo el paso elevado —le había dicho ella, con una terrible certeza—. En Ohio, cuando era niña». No solo eso. Había dicho que allí lo habían arrestado.

Había pensado que 1918 sería su último viaje. Había hecho todo lo posible por salvarse y después de 1918 volvería a casa para afrontar las consecuencias. Sin embargo, al mirar a Mirella en ese momento, se daba cuenta de que era demasiado tarde. Iría a 1918, pero después le esperaría un destino más.

7

REMESA/

1918, 1990, 2008

1

En 1918, Edwin ya no tenía hermanos y solo le quedaba un pie. Vivía con sus padres en la finca familiar. Caminaba todo el tiempo, sin descanso, en teoría porque intentaba mejorar su forma de andar, pues le habían puesto una prótesis y se movía dando tumbos. En realidad, lo hacía porque, si dejaba de moverse, el enemigo lo atraparía. Caminaba a todas las horas del día y de la noche. El sueño lo transportaba con precisión a las trincheras, así que lo evitaba, lo que significaba que lo emboscaba cuando menos lo esperaba. Mientras leía en la biblioteca, mientras estaba sentado en el jardín, una o dos veces durante la cena.

Sus padres no sabían cómo hablarle, ni siquiera cómo mirarlo. Ya no podían acusarlo de holgazán, porque era un héroe de guerra, pero también un inválido. Era evidente para todos que no estaba bien.

—Has cambiado mucho, cariño —le dijo su madre con suavidad, y él no estuvo seguro de si era un cumplido, una acusación o pura observación. Nunca se le había dado bien leer a la gente y ahora lo hacía peor que nunca.

—Bueno, vi algunas cosas que desearía no haber visto.

El mayor eufemismo del maldito siglo xx.

Sin embargo, sentía más empatía por su madre que antes. Cuando Abigail se desvanecía en la mesa, cuando la conversación giraba en torno a las colonias y en su rostro se reflejaba esa mirada que sus hijos habían calificado una vez sin mucho tacto como «su expresión de la India británica», Edwin comprendía entonces con mayor claridad que sufría por la pérdida. Seguía considerando que el Raj era indefendible, pero no impedía que ella hubiera perdido todo un mundo. No era culpa suya que el mundo en el que había crecido hubiera dejado de existir.

A veces, en el jardín, le gustaba hablar con Gilbert, aunque estuviera muerto. Gilbert y Niall habían caído en la batalla del Somme, con un día de diferencia, mientras que Edwin había sobrevivido a Passchendaele. Sobrevivir era la palabra equivocada. El cuerpo animado de Edwin había regresado de Passchendaele. Entonces pensaba en su cuerpo en términos puramente mecánicos. Su corazón latía sin morir. Seguía respirando. Gozaba de buena salud física, excepto por el pie que le faltaba, pero no estaba del todo sano. Le costaba estar vivo en el mundo.

—No es infrecuente —escuchó decir al médico en el pasillo fuera de su habitación, en las primeras semanas, cuando todo lo que hacía era estar en la cama—. Los chicos que fueron allí y acabaron en las trincheras… En fin, algunos vieron cosas que nadie debería ver.

No se había rendido del todo. Se esforzaba. Se levantaba y se vestía por las mañanas, comía la comida que le ponían delante en la mesa y después, cuando se le agotaban las fuerzas, pasaba la mayor parte del resto del día en el jardín. Le gustaba sentarse en un banco bajo un árbol y hablar con Gilbert. Sabía que su hermano no estaba allí —no estaba *tan* mal—, pero no tenía a nadie más con quien hablar. Había tenido amigos, hacía mucho tiempo, pero uno estaba en China y todos los demás habían muerto.

—Ahora que Niall y tú estáis muertos, heredaré el título y la finca —le confió a Gilbert. Le sorprendió lo poco que le importaba.

Le resultó extraño cuando una mañana salió al jardín amuralla-do y vio a un hombre que lo esperaba en el banco. Por un ins-tante, pensó que se trataba de Gilbert, porque en ese momento todo le parecía posible, pero después se acercó y descubrió que la verdadera identidad del hombre era casi igual de inusual; era el impostor de aquella diminuta iglesia en el extremo oc-cidental de la Columbia Británica, el extraño hombre vestido de sacerdote al que nadie más había visto ni oído hablar de él.

—Por favor —dijo el hombre—. Siéntese.

El mismo acento extranjero irreconocible. Edwin se sentó a su lado en el banco.

—He creído que era una alucinación —dijo—. Cuando vi al padre Pike y le pregunté por el nuevo sacerdote con el que acababa de hablar, me miró como si tuviera dos cabezas.

—Me llamo Gaspery-Jacques Roberts —dijo el descono-cido—. Me temo que solo tengo unos minutos, pero quería verle.

—¿Unos minutos antes de qué?

—Un compromiso. Creerá que soy un lunático si le cuento los detalles.

—Me temo que en este momento no estoy en posición de juzgar la locura de nadie, pero ¿por qué merodea por mi jardín?

Gaspery dudó.

—Estuvo en el Frente Occidental, ¿no es así?

«Barro. Lluvia fría. Una explosión, una luz cegadora, cosas volando a su alrededor; una le golpeó en el pecho y, cuando miró abajo, reconoció el brazo de su mejor amigo…».

—En Bélgica —confirmó, con los dientes apretados.

«Amigo» no era la palabra adecuada para describir lo que significaba para él, en realidad. Lo que le golpeó la chaqueta y le cayó a los pies fue el brazo del hombre al que amaba. Su cabeza aterrizó cerca, en el barro, con los ojos todavía abiertos por el asombro.

—Y ahora teme por su cordura —dijo Gaspery con cuidado.

—Lo cierto es que siempre he sido un poco frágil —reconoció Edwin.

—¿Recuerda lo que vio en el bosque de Caiette? Fue hace años.

—Con claridad, pero fue una alucinación. La primera de muchas, me temo.

Gaspery se quedó callado por un momento.

—No puedo explicarle la mecánica. Mi hermana seguramente podría, pero es algo que todavía está fuera de mi alcance. Sin embargo, sea lo que sea lo que le haya ocurrido después, lo que haya visto en Bélgica, es posible que esté más cuerdo de lo que cree. Le aseguro que lo que vio en Caiette fue real.

—¿Cómo sé que usted es real? —preguntó Edwin.

Gaspery extendió la mano y le tocó el hombro. Se quedaron así un momento; Edwin miraba la mano en su hombro, hasta que Gaspery la retiró, y se aclaró la garganta.

—No es posible que lo que viví en Caiette fuera real —dijo Edwin—. Fue un trastorno de los sentidos.

—¿Lo fue? Creo que escuchó las notas de un violín, tocadas por un músico en una terminal de aeronaves en el año 2195.

—Una aeronave… El año dos mil… ¿Qué?

—Seguido de un sonido que debió de parecerle muy extraño. Una especie de silbido, ¿no es así?

Edwin lo miró.

—¿Cómo lo sabe?

—Porque ese es el sonido que hacen las aeronaves —dijo—. No se inventarán hasta dentro de algún tiempo. En cuanto a la música del violín… Era una especie de canción de cuna, ¿verdad? —Se quedó callado un rato y luego tarareó las notas. Edwin se agarró al reposabrazos del banco—. El hombre que compuso esa canción no nacerá hasta dentro de ciento ochenta y nueve años.

—Nada de esto es posible.

Gaspery suspiró.

—Piense en ello en términos de… En fin, como una corrupción. Los momentos en el tiempo pueden corromperse unos a otros. Hubo un desajuste, pero usted no tuvo nada que ver. Solo fue testigo. Me ayudó con mi investigación y creo que se encuentra en un estado algo delicado, así que pensé que tal vez le aliviaría un poco saber que está más cuerdo de lo que cree. En ese momento, al menos, no estaba alucinando. Experimentó un momento de otro lugar en el tiempo.

La mirada de Edwin se alejó del rostro del hombre y se dirigió a la leve decrepitud del jardín en septiembre. Las salvias estaban mayormente desnudas, con tallos marrones y hojas secas, mientras las últimas flores, de color azul y violeta, se desprendían en la luz mortecina. Se dio cuenta de lo que podría ser su vida a partir de ese momento; podría vivir en paz y cuidar del jardín, y eso sería suficiente.

—Gracias por decírmelo —dijo.

—No se lo cuente a nadie más. —Gaspery se levantó y se quitó una hoja caída de la chaqueta—. O lo internarán en un manicomio.

—¿Adónde va? —preguntó Edwin.

—Tengo un compromiso en Ohio —dijo Gaspery—. Buena suerte.

—¿Ohio?

Pero Gaspery ya se alejaba y desapareció por el lateral de la casa. Edwin lo vio partir y luego se quedó en el banco durante mucho tiempo, horas, mientras observaba cómo el jardín se desvanecía en el crepúsculo.

2

Gaspery caminó por el lateral de la casa y, entre las sombras de la base de un sauce llorón, se quedó mirando su dispositivo un momento. Un mensaje parpadeó con suavidad en la pantalla: «Regreso». Había agotado los límites de su itinerario. El único destino posible era ir a casa. Por un momento, albergó la descabellada idea de quedarse en 1918, enterrar el dispositivo en el jardín y arrancarse el rastreador del brazo, arriesgarse a vivir la pandemia de gripe e intentar buscarse la vida en un mundo ajeno, pero incluso mientras lo pensaba, ya había empezado a introducir el código; ya se estaba marchando y, cuando abrió los ojos a la intensa luz del Instituto del Tiempo, no se sorprendió al ver las figuras allí reunidas, a los hombres y mujeres de uniforme negro que lo esperaban con las armas desenfundadas. Sin embargo, sí le sorprendió ver a la publicista de Olive Llewellyn junto a Ephrem. Eran los únicos sin uniforme.

—¿Aretta?

—Hola, Gaspery —dijo ella.

—Quédate donde estás, por favor —dijo Ephrem—. No hay necesidad de que salgas de la máquina. —Tenía las manos en la espalda. Gaspery se quedó donde estaba. Tuvo que estirar el cuello para ver más allá de los uniformes negros, pero en el fondo de la sala, dos hombres retenían a Zoey.

—Jamás lo habría adivinado —le dijo a Aretta.

—Eso es porque soy buena en mi trabajo —respondió—. No voy por ahí diciéndole a la gente que soy una viajera del tiempo.

—Me lo merezco. —Gaspery se sintió un poco descolocado—. Lo siento —le dijo a Zoey—. Siento haberte engañado.

Pero ya la estaban sacando de la sala y la puerta se cerró tras ella.

—¿La engañaste? —preguntó Ephrem.

—Le dije que quería ir a 1918 como parte de la investigación. En realidad, quería intentar salvar a Edwin St. Andrew de morir en un manicomio.

—¿En serio, Gaspery? ¿Otro crimen más? ¿Alguien tiene una biografía actualizada?

Aretta frunció el ceño a su dispositivo.

—Biografía actualizada. Treinta y cinco días después de la visita de Gaspery, Edwin St. Andrew murió en la pandemia de gripe de 1918.

—¿No es la misma biografía? —Ephrem le quitó el dispositivo, leyó un momento y se lo devolvió con un suspiro—. Si no hubieras cambiado la línea temporal, habría muerto igual de gripe, solo que cuarenta y ocho horas después y en un manicomio. ¿Ves lo inútil que ha sido?

—No lo has entendido —dijo Gaspery.

—Es muy posible. —¿Su amigo tenía lágrimas en los ojos? Parecía cansado y tenso. Un hombre que habría preferido ser arbolista, un hombre en una posición difícil, con un trabajo difícil—. ¿Quieres decir algo?

—¿Me pides unas últimas palabras?

—Al menos en este siglo —dijo Ephrem—. En la Luna. Me temo que vas a hacer un viaje sin retorno.

—¿Cuidarás de mi gato? —preguntó Gaspery.

Ephrem parpadeó.

—Sí, cuidaré de tu gato.

—Gracias.

—¿Algo más?

—Lo volvería a hacer —dijo Gaspery—. Sin dudar.

Ephrem suspiró.

—Es bueno saberlo.

Tenía una botella de cristal en la espalda. La levantó y roció algo en la cara de Gaspery. Percibió un aroma dulce, las luces se atenuaron y luego sus piernas cedieron…

3

… al desvanecerse, tuvo la impresión de que Ephrem había entrado en la máquina detrás de él…

4

Dos disparos, en una sucesión rápida.

Pasos, un hombre que corría.

Estaba en un túnel. Entraba luz por ambos extremos, y también nieve...

No, no era un túnel, era un paso elevado. Olía los tubos de escape de los coches del siglo xx. Tenía mucho sueño, por culpa de lo que le acababan de rociar. Estaba de espaldas al terraplén.

Ephrem también estaba, calmado y eficiente con su traje oscuro.

—Lo siento, Gaspery —dijo en voz baja y notó el calor de su aliento en el oído—. Lo siento de verdad.

Le quitó el dispositivo de la mano y lo sustituyó por algo duro, frío y mucho más pesado.

Una pistola. Gaspery la miró, curioso, mientras el hombre que corría (el tirador, comprendió vagamente) desaparecía, se alejaba y se perdía de vista. Ephrem también se había ido, un fantasma de paso. El aire era frío.

Oyó un gemido leve cerca de sus pies. Le costaba mantenerse despierto. Se le cerraban los ojos. Aun así, distinguió a dos hombres tumbados cerca, cuya sangre se filtraba por el hormigón, y uno lo miraba directamente. Había una clara confusión en su expresión, «¿Quién eres? ¿De dónde has salido»?; pero ya no hablaba y, mientras Gaspery lo observaba, la luz abandonó sus ojos. Estaba solo bajo una autopista con dos hombres muertos. Se quedó dormido, solo por un momento.

Cuando abrió los ojos, tenía la mirada fija en la pistola que tenía en la mano y las piezas del rompecabezas empezaron a encajar. «No es difícil hacer que alguien se pierda en el tiempo», había dicho Zoey, en un siglo diferente. ¿Por qué tomarse la molestia de encarcelar a un hombre de por vida en la Luna, cuando se lo podía enviar a otro lugar, inculparlo y encarcelarlo a costa de otro?

Percibió un movimiento a su izquierda. Volvió la cabeza, muy despacio, y vio a las niñas. Eran dos, de unos nueve y once años, cogidas de la mano. Iban caminando bajo el paso elevado, pero se habían detenido a cierta distancia y se habían quedado mirando. Les vio las mochilas y se dio cuenta de que volvían a casa desde el colegio.

Gaspery dejó que el arma se le cayera de la mano y rebotó con un repiqueteo, como si fuera un objeto inofensivo. Unas luces lo bañaron, rojas y azules. Las chicas miraban a los dos cadáveres; luego la más joven lo miró a él y la reconoció.

—Mirella —dijo.

5

«Ninguna estrella arde para siempre». Gaspery grabó las palabras en una pared de la cárcel algunos años más tarde, tan finas que desde cualquier distancia parecerían un defecto en la pintura. Había que acercarse para verlo y hacía falta haber vivido en el siglo XX o después para saber lo que significaba. Había que haber visto la conferencia de prensa del siglo XXII, con la presidenta de China en un podio y media docena de sus líderes mundiales favoritos dispuestos a sus espaldas, mientras las banderas ondeaban bajo un cielo azul brillante.

En la cárcel, lo único que había era tiempo, un tiempo infinito, por lo que Gaspery pasaba muchos ratos pensando en el pasado o, más bien, en el futuro, en el momento en el que había entrado en el despacho de Zoey el día de su cumpleaños, con magdalenas y flores, y en todo lo que había venido después. Lo que había sucedido era terrible, estaba en una cárcel en el siglo equivocado e iba a morir allí, pero a medida que los meses se convertían en años, descubrió que se arrepentía de muy pocas cosas. Advertir a Olive Llewellyn de la pandemia que se avecinaba no había sido, por más vueltas que le diera, un error. Si alguien está a punto de ahogarse, tienes el deber de sacarlo del agua. Su conciencia estaba tranquila.

—¿Qué has escrito ahí, Roberts? —preguntó Hazelton. Hazelton era su compañero de celda, un hombre mucho más joven que se paseaba y hablaba sin cesar. A Gaspery no le importaba.

—Ninguna estrella arde para siempre —dijo.

Hazelton asintió.

—Me gusta. El poder del pensamiento positivo, ¿eh? Ahora estás en la cárcel, pero no será para siempre, porque nada es para siempre, ¿no? Yo, cada vez que empiezo a sentirme un poco mal con mi vida...

Siguió hablando, pero Gaspery dejó de escuchar. Esos días se sentía tranquilo, de una manera que nunca habría esperado. En las primeras noches, le gustaba sentarse en el borde más alejado posible de la litera, casi cayéndose, porque desde ese ángulo se veía una franja de cielo a través de la ventana y en ella veía la luna.

8

ANOMALÍA

1

«¿Es este el final prometido?».

Una frase de la novela *Marienbad* de Olive Llewellyn, pero en realidad era una cita de Shakespeare. La encontré en la biblioteca de la prisión cuando llevaba allí cinco o seis años, en un libro de tapa blanda al que le faltaba la cubierta.

2

«Ninguna estrella arde para siempre».

3

No mucho después de cumplir los sesenta, desarrollé un problema cardíaco; se habría solucionado sin complicaciones en mi siglo, pero era peligroso en aquella época y lugar. Me trasladaron al hospital de la prisión. No veía la luna desde la cama, así que no tenía más remedio que cerrar los ojos y reproducir imágenes antiguas:

Camino hacia la escuela en la Ciudad Nocturna y paso por delante de la casa de la infancia de Olive Llewellyn, con la ventana delantera tapiada y la placa intacta.
De pie en la iglesia de Caiette en 1912, con la ropa de cura, espero a que Edwin St. Andrew entre tambaleándose.
Persigo ardillas cuando tengo cinco años en la franja desértica entre la cúpula de la Ciudad Nocturna y la carretera de la Periferia.
Bebo con Ephrem detrás del instituto en una tarde sin luz solar cuando tenemos quince años o así, una de esas tardes que tenían un cierto aire de peligro, aunque en realidad lo único que hacíamos era emborracharnos un poco e intercambiar chistes tontos.
Con seis o siete años, voy de la mano con mi madre y reímos en un día soleado en la Ciudad Nocturna, nos detenemos a mirar el río desde un puente peatonal, el río oscuro y centelleante debajo...

—Gaspery.

Sentí un dolor agudo en el brazo. Jadeé y casi grité, pero una mano me tapó la boca.

213

—¡Chist! —susurró Zoey. Parecía tener unos cuarenta años, llevaba un uniforme de enfermera y acababa de cortarme el rastreador del brazo. La miré fijamente, sin comprender.

—Voy a ponerte esto bajo la lengua —dijo. Me lo mostró, un nuevo rastreador, que se correspondía con el nuevo dispositivo que me presionaba en la mano. Había corrido la cortina alrededor de mi cama. Sostuvo su dispositivo pegado al mío durante uno o dos segundos, hasta que los aparatos parpadearon en un rápido patrón coordinado. Me quedé mirando las luces…

4

… y estábamos en otra habitación, en un lugar diferente.

Estaba tumbado de espaldas en un suelo de madera, en un dormitorio de lo que me parecía una casa de las de antes. Me sangraba el brazo y me lo llevé al pecho en un acto reflejo. La luz del sol entraba por una ventana. Me incorporé. Había papel pintado con rosas, muebles de madera y, a través de una puerta, una habitación con una ducha y un retrete.

—¿Qué es este lugar?

—Una granja a las afueras de Oklahoma City —dijo—. He pagado una gran cantidad de dinero a los propietarios y puedes quedarte aquí de forma indefinida, como huésped. El año es 2172.

—2172 —dije—. Así que dentro de veintitrés años, visitaré Oklahoma City para entrevistar al violinista.

—Sí.

—¿Cómo es que estás aquí? Seguro que el Instituto del Tiempo no ha aprobado este viaje.

—Aquel día me arrestaron —dijo—. El día que te enviaron a Ohio. Tenía la titularidad y un historial excelente, así que no me perdí en el tiempo, pero pasé un año en prisión y luego emigré a las Colonias Lejanas. El Instituto del Tiempo cree que tiene la única máquina del tiempo funcional que existe. No es verdad.

—¿Hay una máquina del tiempo en las Colonias Lejanas? ¿Y qué? ¿Te dejan usarla sin más?

—Allí trabajo para… otra organización.

—¿Incluso con tu historial?

—Gaspery, no hay nadie mejor que yo en lo que hago. —Hablaba con naturalidad; no presumía.

—¿Sabes? Todavía no sé qué haces.

Me ignoró.

—Puse esta misión como condición para aceptar el trabajo en las Colonias Lejanas —explicó—. Siento no haber venido antes. Me refiero a un momento anterior.

—Está bien. O sea, gracias. Gracias por venir por mí.

—Creo que aquí estás a salvo, Gaspery. He creado un rastro documental para ti. Deberías instalarte. Conocer a los vecinos.

—Zoey, no sé cómo darte las gracias.

—Tú harías lo mismo por mí. —Lo que no decimos es que yo no podría haber hecho lo mismo por ella. Zoey era muy superior a mí y siempre lo había sido—. No sé si nos volveremos a ver.

¿Nos habíamos abrazado antes? No lo recordaba. Me abrazó un instante, se apartó y se fue.

Me quedé solo en la habitación, pero «solo» no llevaba a describir la situación en la que me encontraba. No conocía a nadie en ese siglo y haber pasado por ello antes no me ayudaba a mitigar mi la soledad. Tuve un momento de desvarío en el que me pregunté cómo estaría Hazelton, y luego recordé que mi compañero de celda ya habría muerto de viejo.

Me acerqué a la ventana, aturdido, y miré un mar de verde. La granja se extendía casi hasta el horizonte, campos sobre campos con robots agrícolas que se movían despacio bajo la luz del sol. A lo lejos, vi las agujas de Oklahoma City. El cielo era de un azul deslumbrante.

5

La granja era propiedad de una pareja mayor que la gestionaba, Clara y Mariam. Tenían más de ochenta años y llevaban allí toda la vida. La primera noche, durante una cena de quiche y la ensalada más fresca que había probado en décadas, me dijeron que estaban encantadas de tener un huésped que pagase bien y que no me harían preguntas. Respetaban la privacidad por encima de todo.

—Gracias —dije.

—Tu hermana nos dejó algunos documentos de identidad para ti —dijo Clara—. Certificado de nacimiento y demás. ¿Te llamamos por el nombre que aparece en los papeles?

—Llamadme Gaspery —dije—. Por favor.

—Vale, Gaspery —dijo Clara—. Si alguna vez necesitas esos documentos, está todo en el armario azul junto a la puerta del pasillo.

No salí de la granja para nada en los primeros años, pero temía que, con el tiempo, tendría que hacerlo. Cuando Mariam enfermó, Clara la llevó al hospital, pero ¿quién llevaría a Clara? Tenían casi noventa años.

«Mi primer caso en el Instituto tuvo que ver con una *doppelgänger* —me había contado Ephrem una vez, en otra vida insondable—. Según nuestro mejor *software* de reconocimiento facial, la misma mujer aparecía en fotografías y vídeos tomados en 1925 y 2093».

Cada vez que pensaba en salir de la granja, imaginaba que las cámaras de vigilancia captaban mi rostro y hacían saltar las alarmas a lo largo de los siglos, que un agente del Instituto del Tiempo se presentaba a investigar, una cascada de horrores. Hablé con Clara, que hizo algunas averiguaciones discretas con una vecina, que tenía un amigo con contactos útiles, y poco después estaba tumbado de espaldas en la mesa de la cocina de la granja, sometiéndome a una remodelación facial con láser y una recoloración de iris.

Cuando pasó el efecto de la sedación y me incorporé, el cirujano ya no estaba.

—¿*Whisky?* —preguntó Mariam.

—Por favor —dije.

—Pareces otra persona —dijo Clara.

Me pasó un espejo y me quedé boquiabierto.

Estaba completamente diferente, pero reconocí la cara.

6

Ese mismo mes, encontré el violín. Era muy viejo y estaba en una caja en el fondo del armario del vestíbulo; Mariam no lo había tocado en años. Clara consiguió que una vecina me diera clases.

—Se llama Lina —me dijo Clara en el trayecto—. Lleva toda la vida tocando el violín, según tengo entendido. Llegó aquí igual que tú, si me entiendes.

La miré. Tenía noventa y dos años, pero los ángulos de su rostro seguían siendo afilados. Sus ojos eran ilegibles.

—No tenía ni idea —dije. Debió de sonar con un deje de reproche, porque Clara me miró durante uno o dos minutos con ojos tranquilos.

—Ya sabes que creo en la privacidad —dijo—. Y ella también, por lo que parece. Apenas ha salido de esa granja en treinta años.

Nos detuvimos en la granja vecina, una monstruosidad cubista de color gris que podría haber sido un hotel, y pensé en las palabras de Zoey cuando me dejó allí, hace ya cuatro años. «Deberías instalarte. Conoce a los vecinos». Me pregunté por qué nunca había sido capaz de comprender bien nada de lo que me decía. Salí de la camioneta a la luz del sol.

La puerta se abrió y la mujer que salió tenía más o menos mi edad, unos sesenta años.

—Buenos días, Gaspery —saludó Talia.

7

—Creo que tu hermana me sacó justo a tiempo —me contó Talia—. Vino al hotel una noche, debió de ser justo después de salir de la cárcel, y me dijo que la policía había abierto un expediente sobre mí, algo sobre la divulgación de información confidencial.

—Para ser justos, tenías la costumbre de divulgar información confidencial.

Estábamos sentados en el porche de la granja donde vivía, con los violines apoyados entre los dos.

—Fui imprudente. Supongo que tenté al destino. Me dijo que estaba a punto de mudarse a las Colonias Lejanas y me sugirió con mucha insistencia que la acompañara, pero tienen un tratado de extradición con la Luna, así que, una vez que llegamos, me comentó que tal vez ese no debería ser mi destino final.

—¿Y eso fue hace treinta años?

—Veintiséis.

Lo veía cuando la miraba, ese cuarto de siglo que había vivido en esa granja. Tenía la piel oscurecida por el sol y un aire de tranquilidad.

—¿Cómo son? —pregunté—. Las Colonias Lejanas.

—Son preciosas, pero no me gustaba vivir bajo tierra.

8

Talia y yo nos casamos al cabo de un año y, cuando Clara y Mariam murieron, nos dejaron la granja.

En los años siguientes, en las noches en las que mi mujer y yo tocábamos el violín juntos, en las que cocinábamos juntos, en las que paseábamos por nuestros campos mientras observábamos los movimientos de los robots de la granja y en las que nos sentábamos en el porche para ver cómo las naves se elevaban como luciérnagas en el horizonte de Oklahoma City, pensé que eso era lo que el Instituto del Tiempo nunca había entendido; si surge una prueba definitiva de que vivimos en una simulación, la respuesta correcta a la noticia será: ¿y qué? Una vida vivida en una simulación sigue siendo una vida.

9

Había comenzado una cuenta atrás. Lo intuía en el fondo de todos mis días. En algún momento, sabía que me trasladaría a Oklahoma City. Estaba previsto que empezara a tocar el violín en la terminal de la aeronave en 2195. Sabía, porque recordaba la entrevista, que mi esposa moriría primero.

En silencio
una noche
por un aneurisma
a los setenta y cinco años.

11

Tras la muerte de Talia, me sentaba solo en el porche todas las noches durante un tiempo, a observar las aeronaves que se elevaban sobre la ciudad lejana. Mi perro, Odie, se tumbaba a mi lado, con la cabeza apoyada en las patas. Al principio, creí que estaba aplazando el traslado a la ciudad porque amaba la granja, pero una noche lo comprendí. Anhelaba las luces. Después de todo aquel tiempo, quería volver a estar rodeado de gente.

—Te llevaré conmigo —le dije a Odie, que agitó el rabo.

12

Alguien en el Instituto del Tiempo (¡cualquiera!), dado lo inteligentes que se suponía que eran todos, debería haber comprendido que yo era la anomalía. No, eso no es justo. Más bien, yo había desencadenado la anomalía. ¿Cómo era posible que nadie se hubiera dado cuenta de que me había entrevistado a mí mismo? Porque gracias a la documentación que Zoey había creado, sobre el papel mi nombre era Alan Sami y había nacido y vivido en una granja a las afueras de Oklahoma City.

Observé la anomalía desde la terminal de aeronaves. Un día de octubre de 2195, mientras tocaba el violín con mi perro al lado, me fijé en dos personas casi al mismo tiempo.

Olive Llewellyn caminaba por el pasillo con una maleta plateada. No se fijó en el hombre que venía hacia mí unos metros por delante de ella, pero yo sí. Acababa de salir de un armario de la limpieza.

Mientras el hombre se me acercaba, al cruzarse con Olive Llewellyn, el aire se agitó detrás de él. No se dio cuenta, porque estaba concentrado en mí, y porque estaba un poco ansioso. Después de todo, era su primera entrevista para el Instituto del Tiempo.

Seguí tocando y empecé a sudar. Me aferré a la nana que había compuesto para Talia. Las ondulaciones se intensificaron. El *software,* si es que esa era la palabra para definirlo, o lo que fuera el motor desconocido que mantenía el mundo intacto, se esforzaba por reconciliar la imposibilidad de que ambos estuviéramos allí. Sin embargo, no era solo que la misma persona estuviera dos veces en el mismo lugar. El motor, la inteligencia, el *software,* fuera lo que fuera, había detectado a un tercer Gaspery, en otro lugar totalmente distinto en el tiempo y el espacio, en el bosque de Caiette, y las cosas empezaban a deshilacharse de verdad; el momento estaba corrompido, pero también lo estaba ese lugar, ese punto del bosque donde, en 1912, Edwin St. Andrew contemplaba las ramas; donde, en 1994, yo me escondía tras los helechos y observaba a Vincent Smith. Se produjo una extraña ola de oscuridad detrás del hombre que se me acercaba, la luz desaparecía. Olive Llewellyn se detuvo como si hubiera recibido un puñetazo. Me vi a mí mismo arrodillado en 1994 y a Edwin St. Andrew exactamente en el mismo lugar, sobreimpuestos el uno en el otro, y cerca estaba Vincent Smith, a los trece años, con una cámara en la mano.

Una aeronave ascendió en un puerto cercano con ese silbido inconfundible, y los espectros desaparecieron. El tiempo volvía a transcurrir con normalidad. Los archivos corruptos se repararon a sí mismos, los hilos de la simulación volvieron a tejerse en su sitio a nuestro alrededor y Gaspery-Jacques Roberts, mi yo más joven, recluta reciente e investigador inepto hasta la angustia del Instituto del Tiempo, no se había dado cuenta de nada. Todo había ocurrido a sus espaldas. Miró por encima del hombro, pero —recordé ese momento— atribuyó la abrumadora sensación de que algo iba mal a los nervios desbocados.

Cerré los ojos. Todo ese tiempo, había sido yo. Vincent y Edwin habían visto la anomalía porque yo había estado con ellos en el bosque. No debí de estar lo bastante cerca de Edwin para verla por mí mismo la primera vez en 1912. Terminé la canción de cuna y oí los aplausos de Gaspery.

Se me puso delante, aplaudiendo con torpeza. Sentía vergüenza por él (por mí, por nosotros) y me resultaba difícil mirarlo a los ojos, pero lo conseguí. Agradecí que el perro durmiera durante toda la incompetente actuación de mi yo más joven.

—Hola —saludó con alegría y un acento imperfecto—. Me llamo Gaspery-Jacques Roberts. Estoy llevando a cabo una investigación por encargo de un historiador de la música y me preguntaba si podría invitarlo a comer.

13

—¿Cómo describiría mi vida? —repetí para hacer tiempo—. Verás, hijo, esa es una gran pregunta. No sé cómo responderla.

—Tal vez podría contarme cómo son sus días. Si no le importa. Por cierto, aún no he encendido la grabadora. De momento, solo estamos nosotros.

Asentí. Lo mantendría en vilo. Citaría a Shakespeare porque sabía que aún no conocía a Shakespeare. Lo llamaría hijo porque odiaba que lo llamaran hijo y la irritación lo distraería. Sacaría a relucir a mi esposa muerta porque se sentía avergonzado por el fracaso de su matrimonio. Le haría sentirse inseguro por su acento, porque los acentos y los dialectos eran lo que más le había costado durante la formación. Pero antes, lo adormecería con la tranquilidad de mi vida.

—Pues a ver —dije—. Paso aquí varias horas al día, tocando el violín, mientras el perro duerme a mis pies, y los viajeros caminan con prisa y me echan unas monedas. Se mueven a una velocidad inhumana. Me llevó algún tiempo acostumbrarme.

—¿Es de por aquí? —preguntó el investigador.

—De una granja a las afueras de la ciudad. He vivido allí toda la vida. Pero verás, hijo, cuando me hice cargo de la granja, la agricultura a pequeña escala ya solo consistía en observar. Ves a los robots moverse por los campos. A veces toqueteas los ajustes, pero están bien hechos, la mayoría se adaptan por sí mismos y no te necesitan para mucho. Tocas el violín en el campo para mantenerte ocupado. A lo lejos, las naves se elevan con la velocidad de las luciérnagas, pero de cerca son más rápidas.

Cuando tocaba el violín en la terminal, a veces pensaba que parecía que las naves cayeran hacia arriba, con la gravedad invertida. Las llenaban con un cargamento de viajeros de caras desencajadas y luego caían hacia el cielo. Los viajeros me miraban a veces al pasar y me echaban unas monedas en el sombrero. Observaba cómo las naves los transportaban a primera hora de la mañana a sus trabajos en Los Ángeles, Nairobi, Edimburgo o Pekín. Pensaba en sus almas que se movían a toda velocidad por el cielo matutino.

—Cuando murió mi mujer —le dije al investigador—, mantuve la granja un año más, pero luego pensé: «Al diablo con todo».

Asentía con la cabeza para fingir interés mientras trataba de no ponerse nervioso y se convencía de que estaba haciendo un buen trabajo. Lo que no le dije era que, sin Talia, sentía que iba a desvanecerme en el aire, allí fuera, solo. Solos el perro, los robots granjeros y yo, día tras día. La palabra soledad no alcanzaba a describirlo. Tanto espacio vacío. Por la noche, me sentaba en el porche con el perro para evitar el silencio de la casa. Jugaba a ese juego de niños que consistía en entrecerrar los ojos para mirar a la luna y convencerte a medias de que distingues los puntos más brillantes de las colonias en la superficie. A lo lejos, sobre los campos, las luces de la ciudad.

—¿Le parece bien si enciendo la grabadora? —preguntó el investigador.

—Adelante.

—Bien, está encendida. Gracias por tomarse un segundo para hablar conmigo.

—De nada. Gracias por la comida.

—Bien, ahora, para que quede claro en la grabación, es violinista —dijo mi yo más joven.

Seguí el guion.

—Lo soy —dije—. Toco en la terminal de aeronaves.

Cuando no tocaba el violín en la terminal, me gustaba pasear al perro por las calles entre las torres. En esas calles, todo el mundo se movía más rápido que yo, pero lo que no sabían era que ya me había movido demasiado rápido, demasiado lejos, y ya no deseaba viajar más. Había empezado a pensar mucho en el tiempo y el movimiento, en ser un punto inmóvil en la prisa incesante.

Agradecimientos

La cita a la que se hace referencia en la página 73, «La vida puede ser muy grande si no flaqueas», pertenece a la novela de John Buchan de 1919, *Mr. Standfast*.

El refrán que aparece en el primer capítulo de «La última gira de promoción en la Tierra» sobre cómo uno cosecha lo que siembra —«Recoges lo que siembras», página 92— está parafraseado de algo que dijo el poeta estadounidense Kay Ryan cuando estuvimos juntos en un festival literario en 2015. Sin embargo, mis notas de aquel momento consisten en las palabras «cosecha mala» garabateadas en un programa del festival, así que pido disculpas por cualquier error de memoria.

La cita del mismo capítulo del historiador romano del siglo II Amiano Marcelino, sobre la peste antonina, pertenece al Libro XXIII de sus escritos, que son fascinantes y están disponibles en línea.

Estoy en deuda con los libros *Voyages of the Columbia* (selección de Frederic W. Howay) y *Scoundrels, Dreamers and Second Sons: British Remittance Men in the Canadian West*, de Mark Zuchlke.

Quiero dar las gracias a mi agente, Katherine Fausset, y a sus colegas de Curtis Brown. A mis editoras, Jennifer Jackson, de Knopf, en Nueva York; Sophie Jonathan, de Picador, en Londres, y Jennifer Lambert, de HarperCollins Canada, en Toronto, y a sus demás colegas. A mi agente en el Reino Unido, Anna Webber, y a sus colegas de United Agents. A Kevin Mandel, Rachel Fershleiser y Semi Chellas, por leer y comentar los primeros borradores de este manuscrito. Y a Michelle Jones, la niñera de mi hija, por cuidar de ella mientras escribía este libro.

También de Emily St. John Mandel

EMILY ST. JOHN MANDEL

EL HOTEL DE CRISTAL

De la autora de *Estación Once,*
best seller del *New York Times*
y el *Boston Globe*

ÁTICO DE
LOS LIBROS